O JOVEM ARSÈNE LUPIN E A COROA DE FERRO

SIMONE SAUERESSIG

O Jovem ARSÈNE LUPIN E A COROA DE FERRO

Copyright ©2024 Simone Saueressig
Todos os direitos dessa edição reservados à AVEC Editora.

Nenhuma parte desta publicação poderá ser reproduzida, seja por meios mecânicos, eletrônicos ou em cópia reprográfica, sem a autorização prévia da editora.

Editor: *Artur Vecchi*
Capa e projeto gráfico: *Bruno Romão*
Revisão: *Gabriela Coiradas*

Dados Internacionais de catalogação na Publicação (CIP)
(Câmara Brasileira do Livro, SP, Brasil)

Saueressig, Simone
O jovem Arsène Lupin e a coroa de ferro / Simone
Saueressig. – Porto Alegre : Avec, 2024. (O jovem Arsène
Lupin; 2)
120 p.

ISBN 978-85-5447-224-5
1. Ficção brasileira I. Título II. Série

S 255   CDD 028.5

Índice para catálogo sistemático:
1. Literatura infantojuvenil   028.5

Ficha catalográfica elaborada por Ana Lucia Merege – 4667/CRB7

1ª edição, 2024
Impresso no Brasil/ Printed in Brazil

AVEC Editora
Caixa Postal 7501
CEP 90430-970 – Porto Alegre – RS
contato@aveceditora.com.br
www.aveceditora.com.br
Twitter: @avec_editora

SUMÁRIO

1 - A loja de penhores 7

2 - O assassinato 13

3 - A carta do pai 22

4 - Os espiões 30

5 - O lote 19 40

6 - A sombra do torurador 51

7 - O rei de Araucânia 60

8 - Lupin I e único 66

9 - O segundo cofre 70

10 - A perseguição 78

11 - A eclusa dos mortos 82

12 - A coroa de ferro 86

13 - Paris vista do alto 94

Epílogo - Fim de férias 110

Salut mes amis ! (Oi, meus amigos!) 116

PARIS, 1888

1 – A LOJA DE PENHORES

A campainha da porta tilintou pela décima vez naquela manhã. Gregory Durant deixou de lado o *Le Siècle*, onde lia um artigo sobre aquela coisa monstruosa que Gustave Eiffel estava erguendo na margem do rio, para a próxima Feira Mundial, no ano seguinte.

Ele andou até o balcão, limpando os óculos de aro dourado no lenço muito branco. Quando viu o cliente, parou um momento, ajustando o objeto nas orelhas. Sorriu um pouco, enchendo de rugas profundas um rosto de avô. Depois se recompôs: aquele cliente era diferente dos demais. Aprumou-se, abotoando o colete. Verificou a hora no relógio de bolso: onze e vinte. Quase na hora de fechar.

— Senhor Raoul! — cumprimentou. — Bom dia, como vai? Almoça comigo?

O rapazinho observava com atenção uma vitrine onde eram expostas as peças novas da loja. Ele virou-se e encarou o homem com a expressão alegre, os olhos muito escuros e vibrantes, cheios de bom humor. Gregory gostaria de dizer que ele havia crescido um bocado desde o ano anterior, e que o corte de cabelo da moda caía-lhe muito bem, mas se conteve.

— Como está, senhor Durant? Parece que o negócio vai de vento em popa — disse o adolescente.

O velho olhou ao redor com satisfação. Ele não podia se queixar. A loja estava bem localizada em uma das saídas da galeria *Verdeau* e seus artigos eram de excelente qualidade. Além do mais, desde que a obra de reforma da galeria fechara a outra passagem, suas vendas tinham aumentado. Para completar, seu estabelecimento tinha duas entradas, uma para clientes compradores, com a sineta sobre a porta, voltada para o corredor central, e outra, discreta, na lateral da loja, à qual se chegava por uma passagem estreita que, por sua vez, desembocava na galeria e era reservada aos clientes que traziam objetos para penhorar e não desejavam ser vistos entrando.

— Não posso reclamar — ele comentou.

— Apesar de...

Durant aproximou-se, curioso.

— Apesar de... quê?

O jovem apontou para uma mesa, sobre a qual havia uma baixela de porcelana, alguns porta-retratos e um vaso chinês.

— Essa mesa? Não é uma Luiz XV original. O final das pernas é um pouco reto demais, não é?

O penhorista sorriu satisfeito.

— Bravo! Vejo que não esqueceu do que aprendeu no verão passado quando trabalhou conosco. Não quis voltar este ano? Sempre há alguma coisa para tirar o pó, ou alguma senhora para quem vender um vaso de bom gosto.

O adolescente sorriu, satisfeito:

— Não, este ano não precisei de trabalho de verão. Fiz alguns bons negócios no ano passado e estou com minhas economias equilibradas. Além do mais, as férias serão curtas.

Voltou-se para um armário de vidro e observou, curioso, o que havia em seu interior.

— Isto é novo, não é? — continuou, apontando para um objeto.

— Colocamos ontem à tardinha — concordou o homem. A bem da verdade, muitas outras coisas poderiam parecer novidade para o garoto, porque a loja mantinha uma boa rotatividade de objetos penhorados, recuperados ou vendidos. — Como sabe?

O rapazinho sorriu, condescendente. A peça que tinha chamado sua atenção era uma bainha extravagante, em forma de "X", onde se encaixavam duas adagas gêmeas muito bonitas e de aspecto rústico. Os cabos eram de algum tipo de osso, trabalhados com filigranas de prata, e enfeitados por uma peça de prata e ouro, também trabalhada. A bainha era de couro, costurada com fios dourados, decorada com linhas queimadas na superfície castanho-escura.

— Os cabos dos punhais estão bem polidos e a bainha deve ser sido encerada há pouco, porque ainda há restos de cera nos sulcos da gravação. A pessoa que trouxe isso tinha interesse em impressioná-lo, para conseguir um bom empréstimo.

Durant sorriu, um tanto orgulhoso.

— Muito bem, meu caro, acertou de novo. O senhor apenas se enganou quando falou sobre o empréstimo. Esta peça irá a leilão nos próximos dias, no Hotel Drouot. Faz parte de um lote. É parte do espólio de Louise Valdívia-Dauphin, a viúva Dauphin, que morreu sem deixar herdeiros. Veja, aqui temos mais algumas peças que vieram para nós.

O homem abriu o armário e pegou um aro de ferro, largo, também engastado com prata, recortado em pontas afiadas e decorado com seixos polidos de rio.

— Está vendo? — ele comentou, segurando a peça com certa reverência. — É uma coroa. A coroa de Araucânia. Trata-se de um estado que não chegou a se consolidar no sul do continente sul-americano. As últimas tentativas nesse sentido aconteceram há poucos anos, mas não foram bem-sucedidas.

— Nunca ouvi falar — disse o jovem dando de ombros. Uma coroa sem pedras preciosas parecia-lhe pouco confiável. O homem percebeu.

— Vê estes seixos? — insistiu. — São do rio Bio-bio, o mais importante do território de Araucânia. Para que o senhor veja: a preciosidade de uma pedra não está na quantidade de reflexos que emite, mas na importância que os povos lhe dão.

9

O cliente deu uma risada.

— Ora, então vamos falar de pedras que refletem e a que *nós* damos importância!

O velho suspirou, entristecido com o pouco-caso do outro e devolveu a coroa de ferro e prata ao seu mostrador. Voltou-se para o balcão e assumiu seu posto de penhorista.

— O que o senhor teria para mim, hoje?

O garoto tirou do bolso um velho lenço de seda rosa, dobrado com esmero, e colocou-o sobre o balcão. Um resto de perfume ainda impregnava o tecido e os dedos do jovem deslizaram com leveza sobre ele. A sombra de uma saudade encheu seus olhos por um momento, depois ele abriu o tecido e lá estavam dois diamantes incrivelmente belos. Um era do tamanho de um botão do colete do homem, o outro, um pouco menor. Como sempre, Durant respirou fundo. Era como um ritual que se repetia há oito anos.

O penhorista calçou um par de luvas, achou o monóculo com lente de aumento e pegou a primeira pedra com cuidado, observando-a contra a luz. A lapidação era um clássico: meia-rosa holandesa. Depois, verificou a outra peça. Eram boas, embora fossem pequenas e inferiores àquelas que o jovem cliente trouxera nos anos anteriores. Ele as devolveu ao lenço e olhou para o adolescente. Queria muito perguntar de onde as tinha!

Porém, limitou-se a respirar fundo.

— Não são tão boas quanto as últimas, eu sei, mas creio que a cotação da semana é bem interessante, não é mesmo? — Raoul comentou, olhando pela janela como se não se importasse o mínimo com o destino dos diamantes.

— Está bem informado, como sempre. E como elas não são tão boas, eu sugiro que o senhor deixe-as comigo até amanhã. Posso tentar melhorar o preço — ele propôs. O jovem espiou-o sobre o ombro.

— Melhor quanto?

— Um quinto a mais do que costumo pagar por quilate.

— Ah, então vou aguardar. Amanhã virei pegar o dinheiro. Por favor, desconte a sua porcentagem.

Voltou-se para o homem e sorriu de um jeito especial, que lembrou ao velho um sujeito que conhecera anos antes. Ele sentiu um arrepio.

— Tenho total confiança na sua honestidade — acrescentou o cliente, colocando o boné de estudante. Era uma ameaça e ambos sabiam disso. Se o garoto saísse dali e contasse para alguém — à polícia, por exemplo, ou a algum jornal, o que seria pior — que Gregory Durant receptava, sem perguntas, pedras preciosas avulsas e de origem desconhecida, o destino do homem poderia ser a prisão. — Nós nos vemos amanhã.

— Até lá, senhor Raoul.

O cliente estava quase na porta quando Durant lembrou de algo.

— Ah, espere um momento! — chamou-o. O adolescente voltou-se. O homem havia desaparecido debaixo do balcão e ele se aproximou, curioso. Ouviu-o acrescentar lá de baixo: — Desculpe-me, já ia esquecendo disso. A minha memória já não é lá essas coisas.

Durant colocou sobre o balcão uma pasta, abriu-a e dela tirou vários documentos.

— Que mapa curioso — observou Raoul, puxando um desenho do meio dos papéis.

— É o mapa do território de Araucânia. Acompanha as adagas gêmeas — resmungou o penhorista, separando um envelope pardo e estendendo-o para o cliente. — Pierre recebeu isto no começo do mês passado. Creio que é para o senhor.

O rapazinho pegou a carta simples, endereçada a Arsène Raoul Lupin. Era seu nome de batismo, que tinha usado para empregar-se na loja no ano anterior. Virou o envelope. A identidade do remetente encheu-o de raiva imediata: Théophraste Lupin.

Seu pai.

Houve um momento de silêncio profundo. Dauphin sentiu-se ao

mesmo tempo comovido e constrangido com a palidez no rosto do garoto.

E então, uma sucessão de coisas:

A campainha da porta tilintou e o vendedor levantou os olhos dizendo "desculpe, senhor, estamos fechando para o almoço". Raoul fez menção de voltar-se, mas algo o atingiu com força na nuca e luzes explodiram no seu campo de visão. Ele perdeu o equilíbrio, enquanto o armário de vidro era estilhaçado e os cacos voavam sobre ele. Ouviu Dauphin gritar e atracar-se com o agressor, tentou levantar-se para ajudá-lo, mas o atingiram de novo, com mais força. A última coisa de que teve consciência antes de desabar para a escuridão foi o som de coisas sendo reviradas e os gemidos guturais do dono da loja. Seus dedos se aferraram com força na fivela da bota que o atingiu no rosto. Depois, não viu mais nada.

2 – O ASSASSINATO

— Como está se sentindo?

Raoul sentou-se com dificuldade, a base do crânio latejando fortemente. O jovem policial diante dele o ajudou com cuidado.

— Como se uma carroça de barris tivesse me atropelado — gemeu.

Olhou ao redor e sobressaltou-se.

— Mas o que houve aqui? — indagou.

A loja estava revirada. Papéis estavam espalhados pelo chão, e do armário de vidro onde havia admirado as peças do leilão próximo, só restava a estrutura de madeira, caída de lado. Havia cacos de louça fina ao seu redor e objetos das mais variadas naturezas. Alguns móveis estavam de pernas para o ar.

— Esperava que pudesse me ajudar a esclarecer. Passei na vitrine e vi que a loja tinha sido assaltada — comentou o policial. — Consegue levantar?

O garoto acenou com a cabeça e arrependeu-se. O movimento trouxe de volta a dor e ele levou a mão até a área ferida. Estava pegajosa, e quando tornou a olhar os dedos, estavam sujos de sangue.

— Talvez seu atacante pensou que você estava morto, como o senhor Durant.

Raoul voltou-se, ignorando a tontura e a dor. Às suas costas, o corpo de Durant estava estirado ao lado do balcão, os braços e as pernas abertas, o rosto espantado fitando o nada. Do peito ensanguentado, um pouco inclinado, emergia o cabo de um dos punhais da viúva Dauphin. As mãos do homem ainda estavam com as luvas que ele usara para manipular os diamantes, e ao choque de ver o velho amigo morto somou-se a certeza de que seu investimento anual havia desaparecido. O adolescente olhou sobre o balcão e constatou o óbvio: nem o lenço rosa, nem os diamantes estavam lá.

Quase ao mesmo tempo, a campainha da porta tilintou de novo e um jovem entrou. O recém-chegado parou por um instante, abrangendo a confusão com um olhar surpreso, depois viu o que acontecia perto do balcão e deu um salto para a frente, com o rosto pálido. O policial ergueu-se e tentou impedi-lo, mas ele foi mais rápido e, com um grito de dor, jogou-se sobre o corpo.

— Pai! Papai! — ele chamou, as mãos percorrendo os ombros do velho. — Não! Meu pai, não!

O policial inclinou-se sobre ele e puxou-o para trás com cuidado, mas com firmeza.

— Senhor, não deve tocar nele agora. Já telefonei para a central e em breve a perícia estará aqui. O senhor pode comprometer a investigação.

Raoul respirou fundo. Passou as mãos nos olhos, sentindo-os úmidos e aproximou-se, enquanto largava no bolso do casaco a fivela da botina que o acertara.

— Pode deixar, policial, eu cuido dele. É o filho do senhor Durant — murmurou. O homem afastou-se, enquanto olhava para o chão.

— Sabe o que são esses papéis? — indagou. Estavam pisando em uma série de folhas de diferentes tamanhos, onde se misturavam manuscritos, mapas e textos oficiais. O garoto percebeu a carta do pai no meio da mistura. Deu de ombros, pensando que a recuperaria depois, sem que o oficial percebesse. Não queria ter de dar explicações a respeito de si mesmo.

— Cartas, documentos pessoais — comentou. — O senhor Durant acolhia todo tipo de objetos de valor.

14

O policial concordou e abaixou-se, recolhendo os papéis, enquanto Raoul afastava Pierre.

Atrás do balcão havia uma cortina que ocultava a escada para o andar superior da loja, onde pai e filho viviam. Era um apartamento pequeno e cheio de objetos com etiquetas. Tratava-se das peças mais valiosas, expostas apenas quando os clientes que as haviam penhorado desistiam de recuperá-las. Apesar de a porta ter estado aberta o tempo todo, oculta apenas pela cortina, Raoul observou que ninguém havia subido até ali.

Os dois foram para a cozinha. Pierre soluçava sem parar. O adolescente providenciou um copo de água com açúcar, mesmo sabendo que era um remédio muito pequeno para a dor do amigo. Suas próprias mãos tremiam e ele não conseguia afastar a imagem do punhal enterrado no peito do velho penhorista. Sentaram-se diante de uma mesa, de frente um para o outro.

— Eu sempre disse a ele que a loja precisava de mais segurança — murmurou Pierre, afastando o copo depois de sorver o conteúdo. — Meu Deus, em que tempos vivemos!

— Não foi um assalto comum, sabe? — comentou o garoto. O outro encarou-o com os olhos vermelhos e o rosto muito pálido. Raoul sentiu que precisava entrar em detalhes.

— Veja — disse ele —, se alguém estivesse interessado nas coisas mais valiosas da loja, teria subido.

— Talvez a pessoa não soubesse do estoque...

— A porta estava aberta, Pierre. Era só puxar a cortina e verificar. Teria sido até um caminho natural para a fuga, uma forma de escapar das pessoas atraídas pelo quebra-quebra, como o policial.

Como se as palavras dele tivessem acabado de invocar alguém, um homem apareceu na porta. Era de estatura mediana e exibia um bigode castanho, enorme para o rosto magro. Usava um sobretudo surrado, verde, e parecia um pouco confuso.

— Quem de vocês é Pierre Durant? — perguntou.

O filho do penhorista ergueu a mão. O homem prosseguiu:

— Ah, lamento muito, meu caro. Eu conhecia o seu pai. E você é o jovem que levou o golpe? — Ele olhou para Raoul, que aquiesceu.

— "Golpes", na verdade — ele corrigiu.

— Viu quem foi?

O adolescente fez um bico com os lábios e colocou as mãos no bolso. Sentiu o pedaço de metal e o deixou onde estava.

— Não, senhor — disse.

— É claro que não — bufou o homem. — O que você estava fazendo aqui?

— Eu vim tratar de um assunto para minha mãe. Resgatar uma peça que tínhamos penhorado. Mas a loja já vendeu.

— Bem, eu sinto muito. Espero que o ladrão não tenha batido a sua carteira.

O garoto apalpou a calça e balançou a cabeça, fingindo desânimo.

— Duzentos francos, senhor. O valor que eu tinha para resgatar a peça de família. Foram-se.

O sujeito suspirou aborrecido.

— Vou colocar no relatório. Se encontrarmos o assassino e localizarmos a quantia, entrarei em contato com sua mãe. Como ela se chama?

— Ernestine Dumont. Moramos perto do Panteão. Pierre tem nosso endereço.

— Ah, certo.

O investigador voltou-se para Pierre, que acompanhava o diálogo um pouco confuso. Mesmo em meio ao choque, sabia que nenhuma das informações dadas pelo amigo eram verdadeiras, mas Raoul não titubeara em nenhum momento.

— O senhor deve estar destroçado, senhor Durant, mas quanto antes puder nos passar um inventário do que foi levado, melhor para nós. Aliás, gostaria de vê-lo o mais breve possível. Há uma série de detalhes para esclarecer. Poderia ser amanhã? Às nove horas?

— Amanhã? — balbuciou Pierre, chocado. Raoul ergueu-se entre o jovem e o policial.

— Sem dúvida, Pierre é o maior interessado em descobrir o culpado — observou. — Mas talvez amanhã a essa hora ele esteja chorando sobre o túmulo do pai, senhor... senhor... como disse que se chama?

O policial piscou, surpreso com o tom do adolescente. Era firme, direto e não admitia recusa.

— Inspetor Louis Pasteur. Como o cientista.

— Certo, inspetor "como-o-cientista". Pierre, com toda certeza, vai vê-lo assim que o luto permitir. Eu respondo por ele.

Surpreso, o inspetor refreou uma gargalhada. Empurrou a bochecha com a língua, num gesto muito pessoal, que desenhava um calombo inesperado no rosto. Finalmente, concordou:

— Está certo. Enfim, senhor Durant, quanto antes for à inspetoria, melhor. Quanto mais o senhor demorar, menos chance teremos de pegar quem fez isso.

Já se retirava quando pareceu perceber a angústia do jovem pela primeira vez.

— Sinto muito, meu caro. Vamos pegar o sujeito que fez isso — prometeu. Por fim, diante do silêncio de ambos rapazes, retirou-se.

— Sutil como um elefante em uma loja de cristais — resmungou o adolescente quando ele desapareceu. Virou-se para Pierre e sorriu, triste. — Isso não vai ficar assim, meu amigo — disse. Pierre balançou a cabeça.

— Pode ser. Mas nada do que for feito trará meu pai de volta. Eu nunca mais o verei.

⌘⌘⌘

O tom infeliz de Pierre emergia de vez em quando, na memória de Raoul, em meio ao trânsito da Rue de Saint-Cécile.

O garoto tinha ficado horas ajudando a fazer um levantamento inicial do que tinha sido roubado. Sua temporada como ajudante da loja, nas férias do verão anterior, fez dele o único auxiliar de Pierre. Não tinha nenhum compromisso no momento: o liceu estava em período de férias. Victoire, sua ama, estava trabalhando em um restaurante, e todos os seus amigos estavam viajando: Claude e Etiènne acompanhavam a família em viagem na Costa Azul, e Jean Nuit e Theréze Aube, da *Troupe* dos Filhos de Tália, faziam uma temporada em Marselha. Livre, Raoul circulava por lugares incomuns – e que Victoire com certeza não aprovaria. Tomava lições de *jiu-jitsu* no cais de Orfèvres, em algum beco pouco recomendável, circulava pelos ancoradouros da cidade, divertia-se dançando *cakewalk* com os marinheiros negros norte-americanos, e fazia amizades com os *apaches,* aquelas gangues de garotos desocupados da capital. Seus dias costumavam transcorrer depressa, mas aquele, em particular, apagou-se como uma vela soprada.

Depois do trabalho da inspetoria, os policiais levaram o corpo de Gregory. Ninguém sequer pensou em comer, porque havia uma burocracia desagradável para solucionar e só Pierre podia responder por ela. Raoul ficou encarregado de ajudar o oficial designado pelo inspetor Pasteur a comparar as anotações da loja com as peças que não tinham sido levadas e, assim, organizar uma lista dos objetos que faltavam ou tinham sido danificados. A mesa Luís XV falsa tivera uma das pernas descoladas ao ser empurrada contra um sofá, e os assentos de duas cadeiras estofadas tinham sido cortados. Uma baixela inteira de porcelana inglesa estava aos pedaços e, também, alguns vasos. Ao todo, o prejuízo era menor do que o esperado.

O problema maior era o das peças do leilão: a adaga gêmea daquela usada no crime tinha sido levada, e a loja, como responsável por sua exposição, teria de repor seu valor. Como prêmio de consolação, Raoul encontrou a coroa de ferro debaixo de um armário, para onde devia ter rolado durante o assalto. Era a peça de maior valor da lista e foi um alívio riscá-la da lista de faltas. Porém, a pasta onde Gregory guardava os documentos que a loja mantinha sob custódia tinha sido levada. Uma busca rápida também revelou o que o adolescente já sabia desde o início: seus diamantes e o tecido perfumado onde estavam envolvidos tinham sumido. Mesmo assim, não prestou queixa formal, pois isso exigiria uma série de explicações que ele não poderia dar.

No final de tudo, restava sobre o balcão apenas o envelope endereçado a Raoul e uma coleção de aquarelas. Ele largou o casaco sobre a carta do pai, num gesto casual, enquanto organizava as pinturas, e quando retomou a vestimenta, voltando-se para se despedir do amigo, trouxe para si o envelope envolto no tecido grosso.

— De certo — comentou, sem pressa — usaram a pasta para levar as peças menores.

Mas agora já não tinha tanta certeza. A pasta não parecia capaz de acomodar nenhum bibelô mais delicado.

Arsène Raoul repassava tudo isso enquanto pedalava sem pressa, desviando-se dos passantes. Ele adquirira a bicicleta depois que os acontecimentos do ano anterior o tinham obrigado a mudar de endereço mais depressa do que o esperado: com o desenlace da aventura nas catacumbas parisienses[1], a clínica mantida pelo Dr. Oudinot fora extinta e seus bens, leiloados, a fim de pagar os credores – ao final, havia mais deles do que o imaginado. O adolescente e sua ama Victoire, moradores da casa, já viviam no novo endereço quando a propriedade foi arrematada por um capitão do exército. Mas, agora, ele estava longe da escola.

O olhar do garoto deslizava sobre os cavalheiros que ocupavam os cafés, as cartolas descansando ao lado das bengalas, e as mulheres de anquinhas pequenas e chapéus com plumas e flores, tão na moda

---

1 *O jovem Arsène Lupin e a dança macabra*. Porto Alegre: Avec, 2021.

naquele ano, mas quase não via ninguém. Seu pensamento atormentava-se com a ironia da vida: o ladrão tinha levado o pedaço de pano rosa, inestimável, mas deixado a carta de seu pai para trás.

O fato é que, naquele dia, Raoul, como nos anos anteriores, tinha ido à loja para penhorar alguns diamantes, envolvendo as pedras no mesmo retalho de sempre. Aquela era a única lembrança palpável de sua mãe, morta há dois anos, e não tinha preço. Ele nunca resgatava as pedras, mas o tecido voltava para casa, dobrado com cuidado em seu bolso ao lado do valor negociado com o penhorista. O dinheiro era cuidadosamente empregado nas despesas do Liceu Luís II, onde estudava, e em alguns gastos da casa. Eram esses diamantes, que ele chamava de "meus investimentos", que lhe garantiam a liberdade de continuar a viver em Paris sem mais ninguém que respondesse por ele além de Victoire. Na caixa de lápis infantis, de onde tinham saído as duas pedras desaparecidas, havia outras mais, então a perda do dinheiro, naquele momento, era menos importante. O que doía mesmo, era a perda do retalho cor-de-rosa. Por outro lado, embora ainda tivesse diamantes suficientes para manter o seu estilo de vida simples para alguns anos, pedras como aquelas com certeza não brotavam das árvores, e ele não tinha outra fonte de renda.

Também era fato que não morava perto do Panteão como dissera ao inspetor. Ele e a ama alugavam um minúsculo apartamento em um beco, perto da Porta de Saint-Denis. Órfão de mãe, e sem o pai por perto para ajudá-lo, Raoul usava todo tipo de manobras para manter-se em Paris sob a tutela precária de Victoire. Talvez alguém pudesse lhe sugerir que procurasse seus parentes maternos, na tentativa de um reconhecimento e uma melhoria de vida, mas isso nem passava pela sua cabeça. Ele sabia que não seria bem acolhido. O casamento de Henriette D'Andrèzy e Théophraste Lupin nunca fora aceito na família da noiva, e a separação de ambos, com a partida do homem para a América quando Raoul ainda era pequeno, só tinha piorado a situação. Se buscasse acolhida entre os D'Andrèzy, o melhor que poderia acontecer era que o enviassem a algum pensionato público de última categoria. Raoul não queria isso. Prezava demais a liberdade que a sua situação peculiar lhe oferecia e focava seu futuro em um ponto muito mais alto. Aonde queria chegar, não fazia a menor ideia; mas não tinha dúvida alguma de que chegaria ao topo. Agora, do nada, surgia uma carta do pai desaparecido.

"Nem tão desaparecido", pensou ele com ironia amarga. Dobrou a esquina e mergulhou no movimento do bulevar de Bonne Nouvelle, cheio àquela hora. Viu passar um rapagão em uma bicicleta, pedalando sem segurar o guidão, exibindo o equilíbrio entre as carroças carregadas e lentas que trafegavam junto ao meio-fio e as mais ágeis, os cabriolés, espécie de charrete com cocheiro, puxados por dois cavalos, que circulavam mais para o meio da avenida. Pedestres avançaram pela rua, cortando a frente de uma carruagem lotada com cavalheiros de casaco escuro e mulheres de chapéu emplumado. Um triciclo de entregas atravessou-se diante dos cavalos na contramão e o condutor gritou, reclamando. Um mendigo pedia esmolas junto a um poste, e três garotos passaram correndo. O trânsito em Paris era a vida escoando pelas ruas cheias de sol: empoeirada, quente e fervilhante. Ele adorava.

Pedalou animado e ganhou o beco onde vivia.

3 – A CARTA DO PAI

A quinta-feira nasceu um pouco nublada e muito quente. Victoire preparava-se para sair e ocupar seu posto no restaurante.

— Você já abriu a carta? — ela perguntou com ternura para o garoto que lia o jornal com atenção. Ele resmungou, enquanto fitava o comunicado do enterro de Gregory, ao pé de uma página interna.

— Você devia abri-la, meu pequeno. Não pode ignorá-la para sempre. É do seu pai.

Raoul deu de ombros, sem querer entrar no assunto. Ela aproximou-se, colocando o chapéu.

— Não vá ficar zanzando por aí. Viu aquele crime horrível na loja de penhores? — ela comentou, dando-lhe um beijo no alto da cabeça. É claro que ele não tinha contado sobre seu envolvimento. — Tome cuidado, essa cidade é um perigo. Olhe só para esse seu olho roxo. Ser atropelado por uma babá empurrando um carrinho de criança! Devíamos voltar para a província.

Ele levantou a cabeça. A história que tinha inventado para justificar a mancha que o pontapé do assassino deixara em seu rosto quase o fez rir.

— E abrir mão do nosso esconderijo? — zombou. — Em que alcova vamos nos esconder para comer as *éclair* que você contrabandeia todos os dias? Não se esqueça delas hoje, hein?

Victoire colocou as mãos na cintura e balançou a cabeça.

— Quando é que você vai deixar de ser atrevido, menino? — indagou, aborrecida. A verdade é que ainda estava longe o dia em que ela se zangaria de fato com ele. Debruçou-se de novo e deu-lhe um beijo na bochecha.

— Não deixe de comer o almoço — recomendou e saiu.

Sozinho em casa, o adolescente voltou ao jornal, mas estava inquieto demais para prestar atenção em qualquer coisa. De fato, no dia anterior, ele tinha retornado à loja de penhores, na esperança de descobrir alguma pista, e feito perguntas por todos os lados. As respostas foram inúteis. Além do mais, a polícia estava sempre por perto e ele não queria ser levado para falar de novo com o inspetor Pasteur, que tampouco parecia estar avançando na investigação.

Seu olhar recaiu sobre a carta do pai ainda fechada sobre a mesinha de cabeceira ao lado de sua cama. Tinha medo do que encontraria ali. Sabia que não suportaria ler uma tentativa de aproximação que ficasse chorando sobre o tempo perdido de sua infância. Raoul não lembrava muitas coisas sobre o pai, e o que recordava gostaria de manter como era: gestos fortes, sorriso claro e amplo, a voz grave, um cheiro da loção de barba misturado a suor. Uma mensagem feita de lamentos seria insuportável.

Contudo, Victoire tinha razão. Não podia ignorar a carta para sempre.

Com um suspiro, atravessou o apartamento. A moradia era pequena, estreita, quente nos dias secos e úmida quando chovia, mas não era o último andar do edifício, onde as temperaturas variavam muito mais e havia goteiras. Tudo se resumia a duas peças: uma cozinha diminuta, com armário, pia e uma pequena estufa onde Victoire preparava o café da manhã, e o quarto, onde ele e a ama dormiam, ele na cama mais próxima da janela, ela junto à parede. Uma cortina de tecido barato separava um cômodo do outro. O banheiro, mofado e frio, ficava no fim do corredor de acesso às escadas e era comum para todos os moradores daquele andar. Ele sonhava com o dia em que se mudariam para um lugar melhor.

Raoul tirou de cima do envelope a fivela que tinha arrancado da bota de seu agressor, um enfeite de latão barato, manchado e torto. Revirou-a pela milésima vez, mas não havia nada que pudesse extrair dela a não ser que seu antigo proprietário não era muito cuidadoso com o sapato. Em todo o caso, não era isso que importava naquele momento.

Com um receio e o coração disparado, sentou-se na cama e pôs o pedaço de metal para o lado. Pegou o envelope. Dentro dele havia uma folha coberta nos dois lados por uma letra apressada. Alguns números chamaram a sua atenção, porque estavam espalhados pelo papel: o n° 1 no alto, à esquerda, o 4 no meio da página, na margem direita, e o 7 abaixo, na margem esquerda. As palavras do pai diziam assim:

"Arsène Raoul:

Creio que é muito tarde para pedir-lhe perdão por nunca ter escrito nestes anos de ausência. Não foi falta de vontade de fazê-lo, acredite. Faltou-me a coragem. Talvez tenha acreditado que um dia voltaria, o abraçaria e, olhos nos olhos, compensaria o tempo perdido. Mais um dos meus muitos erros.

Amanhã, quando o dia raiar, devo prestar contas à Justiça humana. Estou condenado. Fui acusado de roubar e matar um homem. Sim, eu roubei. Mas é mentira que tenha matado. Assassinato é a última cartada dos desesperados, dos incompetentes e dos imbecis, e quero que você saiba que eu fui melhor do que isso.

Se esta carta chegou às suas mãos, é porque não houve boa sorte em seu caminho. Eu sinto muito. Mas também me alegro que tenha me ouvido com atenção no último dia em que estivemos juntos, apesar de ser ainda tão pequeno, o meu pequeno Lupin, e que tenha buscado a ajuda de Gregory

Durant quando precisou. Ele foi um bom amigo enquanto estive aí, só me deu bons conselhos. Não segui nenhum e aqui estou.

Antes de cumprir meu destino e encerrar esta carta tão dolorosa, quero passar a você informações que ouvi de um moribundo que dividia a cela comigo. Ele fez parte de um grupo que tentou criar um reino chamado Araucânia, em plena América do Sul. Desde a sua morte, apenas eu, em todo o mundo, guardo esse segredo.

Há, em Paris, uma família chamada Valdívia-Dauphin. Eles têm em sua posse três cofres pequenos construídos por Luís XVI. Sei, com certeza, que jamais foram abertos. Se por algum acaso incrível tivessem sido abertos com sucesso, seu conteúdo teria sido amplamente divulgado. Se tentaram abrir e falharam, isso também seria público: o conjunto construído por Luís XVI está fechado por um dispositivo mortal, criado para guardar outros segredos de estado, importantes para a sua época. Não sei como eles foram parar nas mãos dos Valdívia-Dauphin, mas estou informado de que as paredes das três caixas-fortes estão preenchidas de pólvora e explosivos. Na porta de cada uma delas há rebites que não passam de balas destinadas a retalhar quem tentar abri-los com a combinação errada. A utilização incorreta do segredo causa uma detonação fatal que consumirá o conteúdo do cofre e causará a morte de quem estiver à sua frente.

Um dos cofres – e apenas um deles – guarda documentos que delegam o direito a reinar sobre o território de Araucânia aos Valdívia-Dauphin e seus herdeiros diretos. São documentos que delimitam um território que atravessa o continente sul-americano de leste a oeste, do Atlântico ao Pacífico. Eles atestam o compromisso do governo da França em apoiar e garantir a existência do reino de Araucânia a qualquer momento. Quem estiver de posse desses papéis, poderá exigir esses direitos ao mais alto escalão do poder de nosso país. Pessoas mataram e morreram por isso.

Você **não** será uma delas. Você abrirá o cofre e devolverá aos herdeiros o que é deles por direito. Eles tomarão posse do território e você receberá uma parte das riquezas que ele oferece. É o que reza um dos tratados.

Caso não haja herdeiros diretos da família Valdívia-Dauphin, o terri-

tório deverá ser entregue aos seus mais nobres filhos: os mapuches, o povo que habita as estepes e montanhas que compõem a Araucânia. Isso seria mais do que justo. Todo ser humano tem o direito de ter o seu próprio país. A nenhum deve ser negado isso.

Preste muita atenção nos números desta carta. Sobretudo, preste atenção ao último de todos que escreverei. É ele que determina qual é cofre correto e deverá ser usado para que isso não resulte em sua morte.

5→/ 6→/ 2↓/ 1→/ 4↑/ 7↑/ 8←

Queria lhe dizer mais, porém não sou um homem dado a sentimentalismos. Afirmo apenas isso: amei sua mãe como a nenhuma mulher, e a você, que é a prova e o fruto desse amor, entrego a vida e o mundo. Eles são seus. Vá e pegue-os. Seja feliz. Confio em você, meu filho.

Seu pai, Théophraste Lupin

Philadelphia, 22 de abril de 1889→"

Raoul leu a carta várias vezes antes de dobrá-la e guardá-la no bolso. Sobretudo o final: leu e releu, até que as palavras se afogaram em seus olhos e os soluços explodiram em seu peito.

Algum tempo depois, mais calmo, endireitou-se e respirou fundo, enxugando o rosto. Olhou ao redor: o apartamento parecia diferente. Menor, talvez, porém mais iluminado. Aos poucos, ele voltou à carta, as sobrancelhas franzidas. Disposição estranha aquela dos números, pensou. Além do mais, reparou que o pai errara o ano, na data. Talvez estivesse mais abalado do que gostaria de admitir, concluiu.

Seu olhar circulou distraído pelo quarto, até pousar de novo sobre o jornal, lembrando-o do anúncio fúnebre.

De repente, decidiu-se. Levantou-se de um salto, trocou de roupa e saiu depressa, em busca de sua bicicleta. Eram dez e meia e a despedida do amigo começaria em seguida. Talvez chegasse a tempo.

Cortando caminho por becos e passagens que só um estudante de Paris conhece, chegou ao cemitério de Montmartre a tempo de assistir às últimas palavras do ritual. Havia um grupo reunido em torno de Pierre, muito digno, vestido de luto. De braço dado com ele havia uma moça de traje caro e escuro, de chapéu amplo e um véu que ocultava seu rosto por completo. Atrás dela, um homem mais velho, alto e sério, chamava a atenção pelo bronzeado forte. Seus cabelos brancos e lisos caíam em ondas longas sobre os ombros. Nas mãos ele segurava um chapéu e uma bengala. Sua postura e expressão eram nobres como as de um fidalgo. De vez em quando ele se inclinava para a moça e ambos trocavam algumas palavras. Talvez fossem pai e filha.

Também havia duas senhoras que Raoul sabia serem primas de Gregory, enxugando lágrimas falsas em minúsculos e mentirosos lencinhos, e lançando olhares curiosos e pouco discretos na direção da acompanhante de Pierre. Muitos dos presentes eram burgueses estabelecidos, mas não faltavam pessoas de classes mais simples, clientes da loja de penhores a quem Gregory ajudara em momentos de dificuldade. Um pouco afastada do grupo, uma moça, de véu escuro sobre o rosto, acompanhada de um homem vestido com simplicidade. Quando a benção fúnebre chegou ao fim, as pessoas começaram a se movimentar para cumprimentar Pierre e as duas primas.

— Então, está aqui, senhor Dumont.

Raoul voltou-se e deu de cara com o inspetor Pasteur. Cumprimentou-o com um murmúrio, tentando lembrar-se do que tinham conversado na loja.

— Eu esperava vê-lo na inspetoria, sabe? Pierre já foi prestar o seu depoimento — cobrou o homem.

— Tive alguns contratempos — desconversou o adolescente. — Prometo que irei vê-lo assim que puder. Amanhã, talvez.

— Se não aparecer, vou procurar por você. Parece que Durant não encontrou o registro do endereço de sua mãe. O nome dela é Lourdes, não é mesmo?

Raoul respirou fundo, seguro de que o homem estava jogando uma isca para pegá-lo desprevenido. Escapou pela tangente:

— Com certeza, o registro está lá em algum lugar — insistiu.

— Você mesmo poderá me dizer onde mora... agora, se me fizer o favor — replicou o sujeito, puxando uma caderneta do bolso.

O coração do garoto disparou. Não conseguia lembrar o que tinha dito ao homem, mas não lhe daria seu endereço verdadeiro, com toda certeza.

— Desculpe, preciso cumprimentar Pierre. Não o vejo desde o dia do assalto — disse, escapulindo entre os demais. Pasteur foi atrás, disposto a arrancar a verdade daquele que era um dos seus principais suspeitos do crime.

Súbito, um rapaz passou entre eles. Era um jovem alto e magro, que destoava dos presentes por usar um terno claro. Como sinal de respeito, exibia apenas uma fita negra amarrada no braço. Ele avançou entre Raoul e o inspetor Pasteur sem pedir licença ou esboçar uma desculpa pela grosseria, venceu o grupo em torno de Durant e postou-se diante do jovem com uma soberba pouco gentil. Inclinou a cabeça loura, murmurou algumas palavras, às quais Pierre reagiu com uma expressão perturbada, depois se virou e retirou-se sem falar com mais ninguém. As primas seguiram-no com um olhar furioso, porque o sujeito passou por elas ignorando-as por completo.

— Conhece aquele homem? — interpelou Pasteur.

— E por que eu deveria? — retrucou Raoul.

— Achei que você era conhecido da família.

— Como todos que estão aqui. Aliás, o senhor já achou o meu dinheiro? — o adolescente devolveu, colocando o sujeito na defensiva. Pelo menos lembrava dessa parte do que tinham falado.

Pasteur resmungou alguma coisa olhando em torno e Raoul

aproveitou para aproximar-se de Pierre, a quem conseguiu cumprimentar. Apertaram-se as mãos com firmeza.

— Lamento muito, Pierre. Gostaria de ter alguma descoberta para lhe revelar, mas não tenho — comentou o garoto. Durant piscou por um momento.

— Não se preocupe. Acho que tenho uma pista. Vou me encontrar com alguém, à tarde, na praça Montholon. Por que não vem à minha casa esta noite? Talvez possamos trocar algumas ideias e encontrar algo para repor o valor que lhe foi roubado?

O adolescente sorriu um pouco, disfarçando a surpresa. A história do roubo era tão falsa quanto o endereço que ele passara à polícia, mas estava muito interessado no que Pierre poderia descobrir à tarde:

— Vou, mas não para receber nada. Vou como um amigo que acredita poder ajudar a esclarecer esse mistério — comentou, apertando a mão de Pierre mais uma vez e retirou-se depressa. Pasteur aproximava-se, por isso tratou de escorregar entre os túmulos vizinhos antes que o inspetor voltasse a interrogá-lo.

4 – OS ESPIÕES

A praça Montholon, na rua Lafayette, não é grande. Fica próxima da estação de Estrasburgo, de onde partia, todos os dias, o *Oriente Express*, famosa linha de trem que ligava Paris a Istambul. Era rodeada de moradias, alguns hotéis e restaurantes. Em seu terreno quadrado e cheio de verde, cresciam grandes plátanos. Era o lugar ideal para o passeio das babás, o descanso dos mais velhos e o encontro de dois desconhecidos em torno de um tema sombrio.

Na calçada que rodeava a praça, perto de uma de suas entradas, um vendedor de balões, com uma rede onde armazenava as bolas coloridas, dava um toque poético à paisagem. Parecia estar à espera de uma clientela específica, já que recusara três vendas e conquistara o ódio eterno de duas crianças pequenas, que tinham ficado em lágrimas, e de suas babás, que se afastaram revirando os olhos. Uma terceira menina o espiara com olhos tão ternos que por pouco ele não lhe deu todo o conjunto de presente. Mas ela também saiu de mãos vazias.

O caso é que os balões eram uma ótima muralha, para que o vendedor pudesse verificar quem se aproximava da praça sem ser visto. Eram grandes o bastante para ocultar seu rosto e permitiam brechas, através das quais ele podia vigiar o entorno. Ele não podia vendê-las, pois isso diminuiria sua proteção.

Já eram três horas, e nada de Pierre.

Aquilo estava passando dos limites, pensou Arsène Raoul aborrecido, lutando com os balões quando uma brisa soprou, maliciosa – porque era ele, é claro. O disfarce de vendedor lhe custara caro, sua boca estava seca, e o choro das crianças o deixara de mau humor. Mas, por fim, quando eram quase três e meia, viu apontar em uma das calçadas o estranho sujeito de traje claro que vira em Montmartre pela manhã. Sorriu para si: era justo o que tinha imaginado. O rapaz ficou em uma esquina e não demorou para que um homem enorme aparecesse de uma das ruas laterais e se juntasse a ele. O homem vestia-se como um cocheiro e segurava uma cartola usada pelos condutores que trabalhavam junto à estação próxima. Os dois conversaram em voz baixa, dando tempo para o adolescente observar o sujeito de roupa clara com atenção.

Ele era muito magro, pálido como quem nunca sai de casa. O traje que usava, além de fora de moda, era gasto, com alguns rasgões nos punhos e nos bolsos remendados. Sua cartola escura também era velha. Ele era louro, os cabelos sem corte, lambidos com parafina. A bengala que exibia, porém, era de carvalho, bem polida, com um belo punho de prata. Era um objeto caro que destoava por completo do traje. Botas muito surradas finalizavam o conjunto. Havia algo nelas que despertou a atenção de Arsène, mas antes que ele pudesse dizer o que era, viu um cabriolé de aluguel que parou do outro lado da praça. Pierre desceu dele, pagou o cocheiro e, olhou ao redor até localizar o jovem loiro, para quem fez um aceno.

O sujeito deu-lhe as costas e se pôs a andar, como se não o tivesse visto. Contrariado, Pierre caminhou depressa para alcançá-lo. O rapaz também aumentou o passo, mantendo a distância entre eles. Nessa perseguição absurda, deram uma volta na praça.

Arsène Lupin observava a cena sem entender nada. Pessoas iam e vinham, e um menino parou diante dos balões com uma moeda na mão. Lupin acenou para que ele se afastasse e o menino mostrou-lhe a língua com toda indignação que pôde.

— Pobrezinho — lamentou uma voz de veludo. — Venda-lhe um balão, senhor. Eu pago o dobro do que vale.

Arsène voltou-se. Era a mesma garota que vira no cemitério, aquela que se mantivera um pouco afastada do grupo de amigos de Gregory. Ela devia ter chegado pouco depois de Pierre, sem que ele a visse.

A jovem era bela como uma pintura clássica, a pele aveludada e clara, os lábios rosados, os olhos grandes e doces. Era um pouco mais velha do que ele mesmo. A dois passos atrás dela, o mesmo homem que a acompanhara no cemitério observava a praça, aborrecido. "A tarde ficou interessante de repente", pensou Lupin. Depois olhou para o moleque, que aguardava o balão, pulando, aflito, de um pé para o outro.

— Está bem. Qual deles você quer? — disse, disposto a livrar-se do menino o mais depressa possível.

— Aquele! — fez o garoto para o balão mais inacessível. Arsène conformou-se e abaixou a rede para alcançar o brinquedo. A venda distraiu-o por alguns momentos e quando voltou a olhar ao redor, seus vigiados tinham desaparecido. A moça que lhe pedira para vender o balão também não estava mais ali.

Irritado, resolveu entrar na praça, por um dos caminhos que levavam ao seu interior. Para seu alívio, depois de três passos, localizou Pierre e o jovem loiro conversando em um banco meio oculto atrás de um arbusto.

Visível de onde o adolescente tinha parado, a moça que lhe pedira para vender o balão ao menino estava sentada entre as ramagens baixas, ouvindo com atenção o que os dois jovens diziam. Seu acompanhante estava na outra ponta do caminho, vigiando o entorno.

"Que diabos está acontecendo aqui?", pensou Lupin, cada vez mais fascinado. Aproximou-se pelo caminho a tempo de ouvir Pierre comentar:

— Tem certeza de que sabe quem foi?

— Não lhe proporia o negócio se não soubesse de tudo. Faça o que combinamos e lhe entregarei a identidade do assassino de seu pai — respondeu o loiro voltando-se para Arsène. Não havia muito que ele pudesse fazer, porque estava perto demais de ambos. Então perguntou, quase enfiando os balões no nariz de Pierre:

— Querem um destes, senhores?

— Saia daqui com isso, seu inútil! Por acaso tenho cara de criança? — irritou-se o loiro. Levantou-se. O falso vendedor deu uma boa olhada em seus olhos verdes e nas mãos longas. Na linha cruel de sua boca. Quem seria o personagem?

— Pouco importa — interveio Pierre, levantando-se também, sem dedicar um olhar para os balões. Colocou no bolso alguma coisa que o jovem lhe dera e estendeu a mão para ele. — Estamos combinados.

O loiro mediu-o da cabeça aos pés, esboçou um sorriso que mais parecia um gesto de nojo e afastou-se, ignorando a mão estendida.

Lupin recuou até as sombras dos plátanos, fingindo procurar a saída da praça, sempre se escondendo atrás dos balões. Viu Pierre fixar os olhos nas costas do rapaz com firmeza. Depois, o filho de Durant colocou o chapéu e também se afastou.

— Mas que droga!

Arsène olhou na direção da voz. A jovem levantava-se, irritada, passando as mãos na saia com força para livrá-la das folhas presas ao tecido, e estava claro que não tinha conseguido ouvir o que queria.

— Dias esperando por isso e me aparece... você! Não tem outro lugar para vender suas quinquilharias? — vociferou ela, ajustando o chapéu e o véu sobre o rosto, despejando toda sua frustração sobre Lupin.

— Desculpe. A senhorita me deve um balão — balbuciou ele, sorrindo como um bobo. Ela era, mesmo, uma jovem muito bonita.

Em resposta, a moça arrancou uma das agulhas que prendiam o chapéu ao coque e vibrou-a na direção dos brinquedos. O gesto certeiro rasgou três bolas, provocando um estampido. A ponta afiada passou a milímetros da face de Arsène, e ele recuou para não ser atingido. No espaço que se abriu entre os brinquedos, ela o encarou com raiva. Depois deu meia-volta e saiu da praça, seguida de perto pelo seu acompanhante.

— Caramba! — bufou o garoto, sentando-se no banco mais próximo. — Não dá para dizer que me aborreço nestas férias.

Pensou que só faltava o inspetor Pasteur para completar o estranho grupo.

Mas ele não apareceu.

⌘⌘⌘

Às sete e meia, Arsène dobrou a esquina da rua que levava à galeria onde ficava a loja de Durant, curioso para ver o quanto Pierre revelaria sobre o encontro da tarde. Os passantes do dia eram substituídos pelos boêmios, e o trânsito na entrada da galeria *Verdeau* continuava intenso. Talvez por isso tenha sido fácil perceber o agente da inspetoria escorado na parede ao lado da entrada da galeria, observando o movimento e atrapalhando a passagem dos pedestres na calçada estreita. "Ora, vamos, parece que o inspetor *Como-o-Cientista* está disposto, *mesmo*, a descobrir algo", pensou Lupin, com um sorriso zombeteiro nos lábios. Logo, porém, ficou sério. Com certeza, a polícia esperava que o assassino voltasse ao local do crime e ele pensou que não seria interessante ser reconhecido e levado à inspetoria para responder a umas quantas perguntas. Ainda não lembrava do que dissera ao policial no dia do assassinato.

Por longos minutos, ficou parado ali, escorado no selim duro da bicicleta. Em um restaurante, mais além, o garçom distribuiu mesas e cadeiras na calçada, à espera da clientela da noite. O cheiro bom da comida chegou até onde Arsène e seu estômago roncou. Não tinha comido nada depois do almoço e estava com fome.

Um grupo de estudantes da Souborne apareceu do seu lado da

calçada, discutindo sobre qual era o melhor café da galeria. Reuniram-se em torno de um senhor de meia-idade, que esperava clientes ao lado de sua caixa de engraxate, e um deles pediu um lustro. Lupin empurrou a bicicleta para um beco e ocultou-a atrás de um monte de lixo, rezando para que ela ainda estivesse ali quando voltasse. A seguir, ficou próximo do grupo. Para um observador, parecia ser mais um estudante, e quando eles atravessaram na direção da *Verdeau*, acompanhou-os. Entraram rindo com alguma piada. O agente da inspetoria não lhes dedicou um olhar sequer.

Dentro da galeria, Arsène reconheceu outro agente próximo da entrada principal da loja de Durant, o que fez com que ele se esgueirasse pelo corredor que dava na entrada secundária. Tentou abrir a porta.

Estava trancada.

Não era de se espantar, diante dos acontecimentos dos dias anteriores, pensou. Tenso com a possibilidade de aparecer um dos homens de Pasteur, bateu. Alguns minutos depois, Pierre abriu a porta.

— Desculpe, estamos fechados... ah, é você? — surpreendeu-se o jovem. — Perdoe-me, eu tinha esquecido do nosso combinado.

O adolescente escorregou para dentro com um suspiro aliviado. Havia apenas uma lâmpada junto ao cofre entreaberto. Toda a loja estava mergulhada em uma penumbra incômoda e a pouca luz que reinava vinha do teto de vidro da galeria, infiltrando-se pela vitrine. Os objetos lá dentro pareciam estranhos, cheios de mistério. Lupin sorriu para tudo aquilo, sentindo-se desafiado de alguma maneira.

— Então? — disse, voltando-se para Pierre, que estava caminhando em direção ao cofre. — Espero que tenha se refeito do compromisso dessa manhã. É sempre desolador.

— Sem dúvida — murmurou o jovem, fechando a porta da caixa-forte. No último momento, Arsène chegou a ver a coroa de ferro e pedras de Araucânia ao lado de um embrulho de tecido rosado. Achou que conhecia aquela cor, mas não podia acreditar que se tratava do lenço de sua mãe. Se assim fosse, havia significados terrivelmente comprometedores guardados naquele cofre!

— Então... você teve o seu encontro hoje à tarde? — perguntou Lupin, sentindo a boca seca. Olhava para Pierre e mal o reconhecia. Se o jovem estava com os seus diamantes, isso o tornava cúmplice do ataque ao pai! Era inacreditável.

— O quê? Ah, sim, o encontro... — comentou Pierre pensativo.

— No final, não deu em nada. Uma pista falsa. Teremos de esperar o que a polícia nos dirá.

— Você se refere aos homens do Inspetor *Como-o-Cientista* que estão vigiando lá fora? — zombou Lupin, observando o amigo com muita atenção. Viu o rosto de Pierre contrair-se de preocupação.

— Ah, estão? Mas que aborrecimento... — ele comentou.

O adolescente ia perguntar sobre o conteúdo da caixa-forte, incapaz de conter-se mais, quando ouviram um barulho no andar de cima. Os olhos de ambos ergueram-se até o teto e Arsène esboçou um movimento na direção da escada que levava ao apartamento, mas Pierre foi mais rápido e parou diante dela, barrando o caminho.

— Não. É melhor você não subir — disse, com a voz firme.

— Mas há alguém lá! Você ouviu... O baque... — argumentou Lupin, cada vez mais confuso. Pierre sorriu um pouco.

— Desculpe, meu caro. Você é um bom amigo, mas isso não é da sua conta.

O adolescente recuou. Aquilo tudo o estava deixando louco.

— Muito bem. Já vi que não deveria ter aparecido. Sinto muito — disse devagar. Caminhou para a porta lateral da loja. — Eu virei amanhã...

Pierre negou apressado:

— Lamento, amanhã é o leilão na casa Druout. Podemos falar na semana que vem, se não se importa.

Arsène engoliu mais esta.

— Ah, claro. Não importa. Nós nos veremos na semana que vem — respondeu entredentes.

Mas é claro que se importava.

Saiu para as sombras crescentes da galeria secundária e ficou ali por algum tempo, pensando no que faria a seguir. Primeiro, precisava sair sem chamar a atenção dos agentes, o que conseguiu tirando o casaco e dobrando-o sobre seu boné, como um pacote. A seguir, arregaçou as mangas até acima do cotovelo, tirou uma parte da camisa da cintura das calças e, passando as mãos no chão sujo, tratou de limpá-las em si mesmo. Para completar, dobrou as barras das calças e desmanchou o cabelo cheio de vaselina. Num instante havia se transformado em um garoto de entregas de última classe – desde que não o olhassem de perto e ele continuasse no lado mais sombrio da galeria. Assim, refugiou-se próximo do corredor principal e esperou uma senhora com um cachorrinho passar em direção à saída. Pôs-se no seu encalço, de cabeça baixa e atitude humilde. O vigia de Pasteur não lhe deu atenção.

Fora da galeria, deu uma boa volta antes de retornar até o ponto onde tinha deixado a sua bicicleta. Ali se recompôs um pouco. Era certo que Victoire lhe daria uma bronca ao ver o estado das roupas brancas, mas ele estava mais preocupado com o vai e vem de pessoas e das carruagens de aluguel.

De repente, percebeu que havia mais uma pessoa vigiando a saída da *Vardeau*: o engraxate. O homem continuava em seu posto, sentado na caixa, fumando, e, apesar do adiantado da hora, não parecia disposto a ir para casa. A galeria fechou e o homem continuou onde estava, recusando um cliente, inclusive. Seria um dos agentes de Pasteur? Lupin observou-o com cuidado, com a impressão de que já o tinha visto antes, e de repente se deu conta: era o acompanhante da jovem que tentara ouvir a conversa entre Pierre e o desconhecido, no encontro misterioso daquela tarde.

Enquanto olhava para o homem, ele endireitou-se. Do outro lado da calçada Pierre havia saído e fazia parar uma carruagem de aluguel. Estava acompanhado de uma mulher: a dama misteriosa que estivera ao seu lado no enterro, pela manhã. Então tinha sido ela que fizera o barulho no andar de cima da loja, pouco antes, deduziu Arsène. Junto de ambos, estava o senhor de cabelos brancos que a acompanhara em Montmartre. Houve uma agitação pouco discreta ao redor da cena: o vigia do inspetor Pasteur descolou-se da parede e fingiu olhar para o céu, como se fosse a coisa mais interessante do mundo; o falso engraxate levantou-se para poder acompanhar a ação.

Um cabriolé parou para recolher os passageiros. Pierre despediu-se da dama beijando demoradamente o dorso da sua mão e depois ajudou-a a subir na carruagem. Lupin teria dado qualquer coisa para ver o rosto dela, mas era impossível: o chapéu e o véu escondiam suas feições. Quem seria ela?

A seguir, o filho de Durant apertou com firmeza a mão do homem que acompanhava a mulher. Pareciam estar selando um acordo, e Lupin teve de resignar-se com a sua ignorância e curiosidade. Foi sacudido por um sobressalto ao ver que o sujeito segurava em suas mãos a *Coroa de Ferro de Araucânia!* Como podia ser que Pierre a entregava a um desconhecido antes do leilão? Seria um dos representantes de algum herdeiro da herança? Mas aquilo não fazia o menor sentido!

Era demais! Arsène decidiu que retornaria à loja para tirar a limpo todo aquele assunto assim que Pierre voltasse para dentro. Mas, em vez disso, o jovem parou de imediato outro cabriolé e também partiu. Era insuportável!

A saída de Pierre foi como um balde de água fria nos vigias da rua. O falso engraxate pegou sua caixa e desapareceu na direção contrária à dos cabriolés, o que reforçou, para Arsène, a certeza de que ele estava ali apenas para espionar Pierre. O agente da polícia andou até a esquina e tocou um apito. Em seguida, apareceu uma das carruagens do departamento, na qual ele embarcou. O adolescente respirou fundo, com a cabeça dando mil voltas, e já tinha subido na bicicleta, disposto a voltar para casa, quando, de uma das mesas de rua do restaurante ali perto, ergueu-se o loiro que Pierre encontrara na praça Montholon à tarde. Ele estava acompanhado do mesmo homem que tinha exibido o uniforme de cocheiro. Os dois destoavam dos demais clientes do restaurante e o garoto ficou surpreso por vê-los ali.

Um garçom apareceu e perguntou alguma coisa para o jovem, que lhe respondeu com uma expressão altiva. O homem do restaurante não gostou da resposta e iniciou um bate-boca que logo subiu de volume.

O loiro parecia muito irritado. Ele disse alguma coisa para seu companheiro, que respondeu com um aceno de cabeça, afastando--se por algum tempo, antes de voltar com um faetonte muito velho – uma carruagem pessoal com cobertura rasgada, quatro rodas decrépitas, puxada por uma dupla de cavalos fortes. A discussão entre o loiro e o garçom continuava, até que o cliente deu as costas para o atendente e subiu no faetonte. Uma fileira de carruagens tinha se formado atrás deles, então foi um alívio para todos quando o trânsito voltou a andar.

Arsène Lupin voltou para casa, pedalando devagar, tentando colocar em ordem tudo o que tinha visto. Inútil, porém: o encontro que deveria ter lhe dado alguma luz, terminara lançando-o na mais absurda das trevas.

5 – O LOTE 19

Arsène Raoul levantou cedo na manhã seguinte sentindo-se animado. Sonhara a noite inteira com balões, o loiro de terno claro e os olhos da bela jovem que por pouco não o acertara com o alfinete do chapéu. Um resumo do que tinha sido o seu dia, pensou ele com um sorriso.

A ama já estava de pé e ele escapuliu sorrateiro por trás dela, para ir ao banheiro. Ao voltar, resgatou um pacote que estava debaixo da cama desde a noite anterior e vestiu-se com as roupas que tinha alugado numa loja que conhecia. Quando olhou sua imagem no espelho de corpo inteiro, um luxo que adquirira no ano anterior, viu que o resultado rendia mais do que o esperado.

No reflexo havia um jovem aprendiz de secretário um pouco acima do peso, bem-vestido, com suíças, o cabelo lambido com vaselina. Várias camadas de roupa ajustavam o traje, um pouco maior do que o ideal para seu corpo magro. Óculos de vidro sem grau ajudavam a disfarçar a mancha no rosto, que já desaparecia, e um par de lápis no bolso completavam o figurino. Satisfeito, ele sorriu – e o sorriso luminoso quebrou a seriedade do personagem. Atrás dele, a imagem refletia a mesa da cozinha e a estufa minúscula onde a ama, terminava de preparar o café da manhã.

— Bom dia, Victoire! — saudou ele, sentando-se em um banquinho para tomar o desjejum. A mulher voltou-se e ficou admirada.

— Mas que jovem é esse? Será o mesmo que quase destruiu uma camisa branca ontem à noite? — brincou, surpresa. — Aonde você vai vestido desse jeito? E para que se parecer com outra pessoa? Fica gastando com trajes que não lhe servem e precisa pôr enchimento... O carnaval já passou, sabia?

O adolescente não lhe deu ouvidos. Atacou as broas doces antes da omelete. Por fim, enquanto tomava o leite, comentou:

— Tenho um compromisso.

— Um compromisso, sei. Vai participar de alguma peça de teatro?

— Nada de mais, querida Victoire — ele declarou, levantando-se e rodopiando pela cozinha atrás dela, antes de sapecá-la de beijocas alegres. — Você sabe que sou um sujeito tranquilo. Estou me sentindo outra pessoa hoje, só isso.

— Estou vendo. Seu humor melhorou muito de ontem para hoje.

Victoire espiou-o num misto de desconfiança e carinho. Depois, com capricho, acertou sua gravata e ajeitou o casaco escuro sobre seus ombros, observando-o com uma expressão crítica. Parecia mais velho do que era. Estava ficando mais alto do que ela. Seu protegido crescia. Ela sorriu.

— Você vai ficar com calor com essa roupa toda — comentou. Ele sorriu e afastou-se, leve como um pássaro. Junto à porta, atirou uma última beijoca com a ponta dos dedos.

— *Ulalá*, minha velha, você é o sol dos meus olhos! Não fique de namoro com o verdureiro, hein? — brincou e sumiu no corredor.

A manhã já ia adiantada e as ruas estavam cheias. Era verão e a temperatura subia depressa, a poeira das ruas espalhando-se por toda parte. Victoire, afinal, tinha razão: em poucos passos, Arsène estava suando. Com uma certa inveja, viu passar os ônibus apinhados, com as mulheres instaladas na parte de cima e suas sombrinhas feito flores ao sol, mas precisava economizar. Seguiu pelo bulevar até a esquina da rua Drouot e subiu com o passo firme e um ar concentrado até a sede da casa responsável pelo leilão das peças do espólio da viúva Dauphin. Estava curioso para ver o resultado de tudo aquilo.

O público transitava na entrada do estabelecimento, um grande edifício de linhas simples e severas. Junto à porta, Arsène viu o agente do inspetor Pasteur, o mesmo sujeito que estivera na galeria, na noite anterior. Então, pensou Lupin, ele não era o único a pensar que o assassino de Gregory Durant poderia estar interessado no leilão da herança da viúva...

Arsène entrou na área coberta, onde as carroças aguardavam, algumas carregando peças vendidas em um leilão anterior, outras esperando o resultado do que estava acontecendo lá dentro. Depois de alguns degraus largos, entrou em um corredor amplo. Havia bastante movimento, damas, cavalheiros, gente das mais diferentes classes sociais. Alguns sujeitos de casaca escura e lenços caros no pescoço circulavam com um ar superior. Um senhor de chapéu de palha e roupa de luto enxugava os olhos avermelhados ao lado de um quadro que era observado por três homens interessados; dois passos além, uma matrona muito magra e feia ria às gargalhadas, contando um bolo de dinheiro. O movimento maior se dirigia à direita, onde um cartaz junto à entrada de um salão anunciava o espólio Valdívia-Dauphin. O inspetor Pasteur estava na porta e Arsène engoliu em seco. Quando passou por ele, viu a testa do homem enrugar-se e o sujeito piscou como se tentasse lembrar de onde conhecia o jovem gorducho e corado, mas nada disse. Lupin entrou.

A sala já estava cheia.

Era um lugar abafado, com o cheiro de coisas velhas misturando-se ao dos charutos dos homens e dos perfumes das mulheres presentes. Junto das paredes havia móveis acumulados e objetos variados, identificados por cartelas enumeradas. Algumas pessoas acomodavam-se em cadeiras de assento de palha, mas a maioria estava de pé. Arsène passou por um sujeito com uma prancheta e o jovem dedicou-lhe uma olhada rápida.

— O senhor veio para o leilão? Devo colocar seu nome na lista de compradores? — indagou o homem, medindo-o. Lupin deu uma espiada para um quadro muito feio, bem ao seu lado, cujo título era *"Perennis Amor"* – "Amor perene". Ele voltou-se para o sujeito:

— Meu nome é Perenna — inventou. Então sorriu, como se tivesse percebido algo e completou: — Luis Perenna. Com dois "N".

O sujeito fez uma anotação e entregou-lhe uma lista das peças em leilão, dizendo:

— Os lotes 51 e 52, ou seja, as adagas gêmeas e a coroa de ferro, não estão disponíveis, e os três itens do lote 19 estão no depósito. Eram um pouco... complicados para serem deslocados. Há uma foto das peças lá no fundo, atrás do cravo, que, aliás, é uma relíquia.

Lupin agradeceu e continuou a observar o local, enquanto fingia que estudava as peças. Havia gente de todas as categorias, sobretudo figurões ricos que faziam comentários sobre os itens em exposição. Não demorou, viu o loiro do dia anterior sentado em silêncio, postura ereta, encarando os demais com um olhar superior. Ocupava a única cadeira com braços do lugar, com uma das mãos de dedos longos e brancos descansando sobre o punho de prata da bengala de madeira escura. Com a outra, segurava a cartola velha. Logo atrás dele, o cocheiro, também em silêncio. Eram os únicos que não conversavam entre si. Pierre não estava à vista.

Arsène andou pela sala observando os móveis de diferentes períodos e estados de conservação, alguns livros raros, uma coleção de leques, vários quadros, tão ruins quanto o *"Perennis Amor"*, e instrumentos musicais. Esses chamaram sua atenção: muitos eram autênticas extravagâncias, para o seu entendimento, e se não fossem os cartões, não seria capaz de identificá-los. O que parecia um bastão com uma aspa de gado na ponta revelou-se uma flauta designada como *"trutuka"*. Outro instrumento de pedra, que ele não imaginou como soaria, era um *"püfüllke"*. Ao lado, repousava um pequeno tambor de madeira que poderia ser segurado em um braço, enquanto era tocado com uma baqueta. Havia um desenho sobre o couro que o cobria e Lupin permitiu-se um sorriso irônico ao pensar que o objeto era do tamanho de uma das bacias que Victoire usava na cozinha.

— Chama-se *"cultrún"*.

O rapazinho virou-se, surpreso. Ao seu lado estava a jovem da tarde anterior, trajando um vestido claro, elegante, sem exageros. Segurava as luvas de crochê em vez de usá-las. Na cabeça, um diminuto chapéu enfeitado e o véu sobre o rosto, lançando sua sombra sedutora. Era um pouco mais alta do que ele e vê-la de perto fez seu coração disparar: sem dúvida, tratava-se da jovem mais linda que já vira. Ela voltou-lhe um olhar feito uma navalha de luz: cortante, mas tão belo que era impossível não se deixar retalhar por ele.

— Está vendo o desenho dividindo o couro circular em quatro partes? — ela continuou. — As divisões representam os pontos cardeais. Dentro de cada quarto do círculo está desenhado o símbolo de uma das estações do ano.

O falso aprendiz fez uma pequena mesura.

— Eu não os conhecia. Suponho que preciso aprender mais sobre os instrumentos musicais — comentou. Ela o corrigiu:

— O único instrumento musical da sala é o cravo ali atrás. Estes que o senhor está admirando são mais do que instrumentos musicais, são objetos cerimoniais do povo mapuche. São litúrgicos. Evocam o que é sagrado.

Arsène calou-se, curioso e um pouco intimidado.

— Perdão se o incomodo. Sempre me deixo levar. Acho que se você quiser alguma coisa, deve conhecê-la com profundidade — desculpou-se a jovem, estendendo a mão para ele. — Meu nome é Félis... só Félis.

— Encantado — ele murmurou, um pouco constrangido. Atrapalhou-se ao segurar a ponta dos dedos oferecidos e desceu o rosto até roçar o nariz na pele dela. Aspirou o perfume. Quando levantou os olhos, soube que nunca mais esqueceria do aroma.

— Bem, em qual lote está interessado, senhor "Encantado"? Já vou avisando que a coleção de leques será minha.

Lupin sorriu.

— Vim pela assistência. Nada mais.

— Ah. Então não veio pelos cofres?

Ele manteve o sorriso, mas sentiu o rosto gelar.

— Quais? — gaguejou.

Ela franziu a testa de leve.

— Oh, acho que devo ter confundido o senhor com outra pessoa. Achei que soubesse o que está em jogo, aqui.

— Talvez. A quais cofres se refere?

— Aqueles — ela murmurou, apontando para o lote 19. As fotografias dos itens estavam emolduradas e Lupin aproximou-se curioso. Eram, de fato, imagens das três antigas caixas fortes. Ele leu a descrição no catálogo que tinha em mãos.

"Lote 19 – itens 45, 46 e 47. Cofres de ferro do século XVIII confeccionados por Luiz XVI. Tamanho 16 X 14 X 8 polegadas cada um. O item 45 exibe sete rebites explosivos na porta. Item 46, oito rebites explosivos. Item 47, nove rebites explosivos. Paredes ocas, preenchidas com pólvora. O segredo das fechaduras está perdido. As peças estão no depósito para a conferência e deverão ser retiradas lá. A compra se dará por aquisição das chaves."

Arsène sorriu: era daquelas peças que falava a carta de Théophraste.

— Vamos nos acomodar? — perguntou Félis. — O leilão vai começar.

Houve uma agitação quando o leiloeiro apareceu com uma pasta de couro e seu martelo, seguido pelo jovem que havia anotado o nome – falso – de Arsène, carregando uma bandeja de prata com uma jarra de água e um copo. O homem posicionou-se atrás de uma mesa alta e cumprimentou os presentes. O inspetor Louis Pasteur entrou na sala e Félis afastou-se um pouco, para ficar mais visível para o leiloeiro.

— Se não vai comprar nada, sugiro que não ouse respirar — ela brincou com seu acompanhante.

Os primeiros lotes foram arrematados com rapidez. De onde estava, Arsène aproveitou para admirar o lindo perfil de Félis. Foi ela quem, de fato, levou a coleção de leques – mas ele duvidava que fizessem falta a ela.

Então chegou o lote 19. O falso aprendiz percebeu que um movimento percorreu a sala quando os cofres foram anunciados. Félis ficou séria e atenta. Houve um zum-zum enquanto os itens eram descritos.

Embora o lance inicial fosse bastante baixo, isso logo mudou. Era excitante ver como os compradores se desafiavam. Félis limitava-se a erguer a luva cada vez que queria dar um lance. Em breve, os únicos na concorrência eram ela e o jovem loiro. O rapaz tinha participado apenas daquela disputa e parecia impaciente, movendo os pés, chiando as solas sobre o assoalho velho como se fosse chutar alguma coisa. De vez em quando, olhava para o teto e, em seguida, declarava um valor um pouco mais alto do que o lance feito pela moça, mas Lupin duvidava que o sujeito tivesse tanto dinheiro assim.

Até que, por fim, a jovem ergueu a luva, elevando o valor do lance a dez mil francos.

O jovem, irritado, bateu o pé no chão e ergueu-se, encarando-a com fúria. Retirou-se sem uma palavra, seguido do cocheiro. Félis ignorou-os soberanamente.

— Dez mil francos, senhorita! Que belo lance! — comemorou o leiloeiro. — Alguém dá mais? Creio que não. Dou-lhe uma, dou-lhe duas e dou-lhe...

— Quinze mil francos.

Todos voltaram-se para a porta. O recém-chegado fez uma mesura para Félis.

Era Pierre.

O embate recomeçou. Lupin sentia o suor escorrendo, mas já não sabia se era o calor ou a excitação. Dezoito, vinte mil francos. Pierre era frio e imbatível. A cada lance que ela dava, ele subia o valor do seu, sem pestanejar. Arsène duvidava que a loja inteira de Durant valesse tanto, mas quando Félis propôs cinquenta mil, Pierre fez um gesto de impaciência.

— Cem mil francos — anunciou.

— Oh... — fez a jovem com um suspiro de derrota. Seu rosto turvou-se. Olhou o leiloeiro e balançou a cabeça. O homem exultava:

— Maravilhoso, senhores! Cem mil francos, dou-lhe uma, dou-lhe duas...

Olhou a assistência de olhos brilhantes e bateu o martelo.

— ... e três! Vendido a Pierre Durant por cem mil francos. Parabéns, meu caro!

Uma salva de palmas soou pelo salão. Pierre agradeceu com uma certa timidez, depois voltou-se para Félis e ensaiou um sorriso. Ela ignorou-o como havia ignorado o outro sujeito e começou a mexer em uma bolsinha, deixando claro que estava indo embora. Pierre, suado, puxou do bolso um pedaço de seda rosa, com o qual secou a testa.

O adolescente ficou imóvel: agora não tinha mais dúvidas. Aquele era o tecido que envolvia os diamantes roubados durante o assalto e assassinato de Gregory: o pedaço da echarpe de sua mãe! Até a noite anterior, nas sombras do cofre mal-iluminado da loja, ele ainda poderia aceitar que estivesse enganado. Mas agora, à luz do dia, era impossível não reconhecer o tecido. Era como uma confissão.

Como aquilo tinha ido parar nas mãos de Pierre? Arsène sentiu os lábios frios. Tentou se aproximar do amigo, mas não conseguiu, pois havia demasiada gente em torno dele. Além do mais, aproveitando o ânimo renovado dos presentes, o leiloeiro recomeçara a venda dos objetos e os lances sucediam-se animados. De olho no filho do penhorista, Arsène afastou-se de Félis, que deixava escapar a raiva pelos olhos claros.

Pierre andou com discrição em direção à porta, ainda recebendo tapinhas nas costas e cumprimentos pela compra. Lupin esgueirou-se, disposto a confrontar o jovem, mas controlou-se quando o viu diante do secretário do leiloeiro, combinando como seria paga a alta soma prometida.

— Entregarei a carta de crédito quando pegar o lote. Até lá, ficaria feliz de levar as chaves, como garantia. — Lupin ouviu-o dizer um pouco nervoso. O secretário não pareceu satisfeito, mas deu de ombros.

— Enfim, somos apenas intermediários e o senhor é quase nosso vizinho — ele disse com calma, entregando a Pierre um estojo de madeira que ele abriu e conferiu. Satisfeito, fechou a caixa e saiu.

Lupin seguiu o jovem. Os dois atravessaram os corredores cheios e desceram a escada da entrada. Pierre atravessou o pórtico e dobrou à esquerda. Arsène foi atrás, aliviando o nó da gravata que o estava sufocando.

Lá fora, o calor e a luz do meio-dia deixaram-no atordoado. Demorou um instante para localizar Pierre junto a um velho faetonte estacionado em uma esquina. O toldo da carruagem estava puxado, escondendo seu ocupante, mas Lupin sabia de quem se tratava, pois tinha reconhecido a cobertura esburacada. Ele se aproximou, observando que o passageiro tinha um dos pés apoiado em três volumes de ferro acomodados no assoalho à sua frente. Seus olhos concentraram-se na bota que o sujeito usava, com uma fileira de fivelas de latão, das quais faltava uma.

Eram iguais àquela que Arsène arrancara da bota que o acertara na loja durante o assalto a Durant.

As peças do quebra-cabeças se encaixaram e um choque percorreu Lupin. A compreensão da terrível verdade impulsionou-o para a frente com uma força inesperada. As coisas precipitaram-se como uma torrente: Arsène parou ao lado de Pierre, tremendo de indignação, ao mesmo tempo em que o jovem recuava, puxando para si algo que o loiro, dentro do faetonte, tentava arrancar dele.

A caixa com as chaves!

Os longos dedos do jovem eram como garras de rapina, aferrados à madeira. Lupin saltou para a frente e também agarrou o objeto, tentando tomá-lo, mas o loiro puxou algo de dentro do colete e brandiu com violência na sua direção. O garoto sentiu uma pressão no peito e recuou, surpreso. A coisa brilhou no interior da carruagem: o fio da adaga, gêmea da que tinha sido cravada no peito de Gregory. Agora não restava mais dúvida alguma de que o loiro tinha participado do crime na loja de antiguidades.

Então, alguém puxou Arsène para trás, ao mesmo tempo em que um pé empurrava Pierre na direção do loiro. O filho do penhorista foi içado para o interior da carruagem e o adolescente foi atirado na direção das pessoas que circulavam pela calçada, enquanto o cocheiro – pois fora ele quem o acertara – subia no transporte e chicoteava os cavalos. A carruagem afastou-se, sacudindo-se um pouco, e desapareceu na confusão do trânsito. O inspetor Pasteur surgiu entre as pessoas, saltou por cima do garoto caído e correu atrás dos fugitivos, enquanto soprava um apito.

Atordoado, Lupin sentiu que o erguiam e batiam em sua roupa para tirar o pó.

— Você está bem?

Era a voz de Félis. Ele a encarou e teve o prazer de ver a preocupação estampada nos olhos dela. Em outra situação, teria adorado aquilo, mas estava confuso e furioso demais.

— Estou, sim, obrigado — respondeu, seco.

A mocinha apontou para o seu peito.

— Não está ferido?

O adolescente olhou para as próprias roupas.

A adaga havia aberto um corte em seu casaco, rasgando as camisas sobrepostas e as peças de roupa que ele usara como enchimento do seu disfarce. A pele aparecia no fundo de tudo, com um arranhão avermelhado.

— Está... está tudo bem — ele comentou, sem saber como agir.

Quase ao mesmo tempo, o leiloeiro apareceu ao lado deles com as mãos enfiadas no cabelo grisalho. Atrás do homem vinha um dos encarregados de organizar as peças em leilão, armazenadas no depósito subterrâneo. O grande guarda-pó que usava estava manchado do sangue que pingava de um ferimento na sua cabeça.

— Viram para onde foi Pierre Durant? E o inspetor Pasteur? Eles precisam voltar! — gritou ele. — Fomos roubados!

— Quando? — indagou Félis.

— Agora! Durante o leilão!

— E o que foi que levaram? — interessou-se Arsène. Mas já sabia a resposta:

— O lote 19. Os cofres da viúva Dauphin desapareceram!

6 – À SOMBRA DO TORTURADOR

Enquanto os lamentos do leiloeiro ecoavam pela rua, Félis fez um gesto e quase de imediato um cabriolé parou junto à calçada. A moça subiu, depressa, com Lupin na sua cola. A carruagem era propriedade dela, um transporte pequeno e leve de apenas duas rodas, puxado por um alazão. Um toldo de couro e veludo negro servia de proteção. Eles se afastaram depressa da casa de leilões, deslocando-se com agilidade, mas quando chegaram na próxima avenida, Arsène já não alimentava esperança alguma de ver o faetonte. O cocheiro, de pé, atrás do toldo, tinha uma visão melhor, mas, mesmo assim, não conseguiram identificar um movimento diferente no meio das carroças, ciclistas e pedestres.

— Olhem! Ali está o inspetor — avisou Lupin, de repente, debruçando-se para a frente. Félis puxou-o para o fundo do assento.

— Quer que ele o veja e comece a nos fazer perguntas? — sibilou ela. Em seguida, virou-se para falar com o cocheiro por uma abertura: — Para que lado você acha que foram, Leonard?

Estavam prestes a cruzar a avenida.

— Não sei. Talvez tenham seguido em frente — disse o homem, olhando naquela direção.

— Duvido muito — contradisse Lupin, cruzando os braços diante do estrago em suas roupas.

Félis encarou-o com atenção.

51

— Por quê?

— Pense comigo: as ruas adiante são estreitas e logo começam a subir a colina. Os cofres são de ferro, portanto, são pesados. Ademais, a carroça é velha, leva três homens adultos e é puxada por apenas uma parelha de cavalos, que se cansarão depressa em uma subida. Além disso, para onde ir? Que fuga será essa na qual qualquer um poderá dizer ao inspetor "acho que vi um faetonte velho e carregado passar por aqui"?

Félis respirou fundo.

— E qual é a sua ideia? — perguntou. Animado, Arsène disse:

— Acho que eles procurarão algum lugar onde possam descarregar as caixas-fortes. Eu iria até a Estação de Estrasburgo. Há dois anos, houve expansões das linhas, e ainda há lugares onde se esconder até a noite, ou até amanhã, sem chamar a atenção de ninguém. Ou é isso, ou o loiro do leilão tem uma propriedade por perto. E nesse caso, não há muito o que fazer, porque não sabemos onde é.

O que também pesava no seu raciocínio, era o fato de saber que o cocheiro do faetonte trabalhava na estação. Mas ele preferiu não comentar isso.

A moça ficou admirada com a confiança dele.

— O que você acha, Leonard? — perguntou.

— Acho que o senhorzinho pode estar certo. Seguindo adiante teremos uma subida e tanto. Para a esquerda, a avenida vai dar na Ópera, e lá não há como se esconder — concordou o homem. — Precisamos andar, porque o inspetor está olhando para cá.

O cabriolé dobrou à direita e entrou no movimento. Até a estação, o trajeto foi bem mais curto do que Félis imaginou que seria.

— Fico me perguntando qual é o papel de Pierre Durant nisso tudo. A loja dele não vale tanto quanto o lance que me venceu. Deve ter mais alguém por trás disso. Quem será? — resmungou ela, enquanto se aproximavam de alguns barracões que tinham restado das obras de expansão das linhas de trem.

Arsène sorriu, querendo se exibir mais um pouco:

— Minha cara Félis! Então ainda não se deu conta? Enquanto todos prestavam atenção no que acontecia no salão, o sujeito loiro e seu cocheiro puderam carregar os cofres com toda tranquilidade. Pierre está envolvido com eles. Foi a distração que os dois ladrões precisavam para efetuar o roubo. Todos nós caímos direitinho.

Félis observou o jovem. Tinha os cabelos revoltos, que a vaselina deixava de um jeito rebelde que lhe caía muito bem. Os olhos que se voltavam para ela eram escuros e inteligentes. Ela ficou curiosa:

— Você conhece Pierre? — perguntou.

— Sim. E custo a acreditar que ele esteja envolvido na morte do próprio pai. Além do mais, como você disse, a loja não vale o bastante para pagar o lance do leilão. Aliás, tenho certeza que se a senhorita tivesse coberto o lance de cem mil francos, Pierre teria subido, sem pestanejar. Era uma cortina de fumaça. Não creio que ele tivesse a intenção de pagar.

— Você parece saber muitas coisas — ela insinuou.

— Sei mais do que imagina — gabou-se Arsène, encantado com a atenção dos lindos olhos claros. Estufou o peito e declarou: — Por exemplo, sei o que há dentro de um dos cofres.

Félis quase riu. Fingiu espanto:

— É mesmo?

— São documentos que atestam a existência de um reino sul-americano e o compromisso do governo francês em fornecer ajuda para a sua existência no cenário internacional.

Desta vez, a surpresa real desenhou um adorável "oh" nos lábios rosados.

— Como sabe disso?

Arsène gargalhou. As palavras, descobriu excitado, eram mais do que armas: eram chaves para a alma das pessoas.

A carruagem rodou por mais algum tempo. Tiveram de dar a

volta em uma quadra, até que, finalmente, Leonard freou o animal, junto a um conjunto de galpões velhos.

— Senhora, acho que encontramos — disse ele. Parou o cabriolé à sombra de uma árvore. Os dois jovens inclinaram-se para fora.

A alguns metros, um sujeito enorme carregava dois grandes baldes cheios de água sem o menor esforço: o cocheiro do jovem loiro. O homem desapareceu no canteiro de obras desativado.

— Vou atrás dele — decidiu Lupin, saltando da carruagem.

— Eu também — ela disse, logo atrás dele.

Arsène voltou-se para o cabriolé com uma dispensa na ponta da língua, mas ela já estava descendo.

— Leonard, leve o nosso transporte até a frente da estação e espere. Sairemos por lá — disse a moça, voltando-se para ambos. — Se eu não aparecer em duas horas, vá ao ponto de encontro com nosso empregador e diga a ele que não tivemos sucesso. Depois, vá para casa e faça as malas. E se eu não mandar nenhum recado até amanhã, vá embora de Paris.

O cocheiro apertou os lábios e fez um gesto de concordância, antes de subir na boleia para cumprir as ordens. Um riso confuso brincou nos lábios do adolescente.

— Quem a ouve... — ele começou, mas Félis o interrompeu:

— Você não tem ideia de onde está se metendo, garoto. Se tivesse um pouco de bom senso, iria embora agora — ela disse, firme.

Ele aborreceu-se de imediato.

— Era o que me faltava. Se acha que vou desistir...

Félis observou-o de alto a baixo e disparou:

— Devia. Em seu lugar, eu começaria por me livrar desse disfarce bobo. Sua suíça direita está torta. Convencia mais como vendedor de balões magricela ontem do que como aprendiz gorducho hoje.

Arsène sentiu-se pilhado. Com um gesto, arrancou as suíças postiças e depois se livrou do enchimento que o protegera do golpe da adaga. Jogou tudo aos pés da moça, com um gesto de desafio. Só manteve a última camisa por baixo casaco.

— Bem melhor. Você estava ridículo. Não me enganou em momento algum — comentou ela com um sorriso.

— Você achou que eu era outra pessoa no leilão — ele a lembrou.

— Achei mesmo? — ela riu. — Vamos de uma vez.

Atravessaram a rua depressa, entrando no terreno da estação por um portão de serviço que estava aberto. Um grande trem de carga chegava, ao mesmo tempo em que dois comboios de passageiros partiam. O lugar era amplo, com os trilhos correndo alinhados para o nordeste. Mais para baixo, a enorme construção da estação e os trilhos sucessivos que brilhavam ao sol. Havia vários vagões de carga parados em uma via de serviço mais próxima. O cocheiro do jovem loiro tinha se metido entre alguns pavilhões provisórios e desaparecido.

— Droga! — irritou-se Félis. Arsène apontou para o caminho à frente deles.

— Aqui no chão, veja: os baldes de água vão derramando um pouco. É só seguir a trilha.

O caminho era claro. A dupla avançou até ficar diante de dois pavilhões de folhas de flandres. Ali a trilha desaprecia, mas os rastros de uma carroça pesada indicavam a construção da esquerda, cujo grande portão lateral estava fechado.

Resolveram contornar o prédio à procura de uma porta de serviço, que encontraram mais adiante. A maçaneta enferrujada funcionaria como um alarme, caso resolvessem usá-la, então esperaram um comboio que se aproximava chegar mais perto; justo quando a locomotiva apitou, Lupin forçou o trinco e empurrou a porta apenas o bastante para deslizar para dentro. As dobradiças gemeram, mas o rugido do trem abafou o ruído.

Dentro do galpão, à sua frente, havia uma parede composta por caixas. Ele entrou, seguido por Félis. Os dois avançaram com cuidado pelo espaço estreito, até que a proteção acabou. A luz era pouca, infiltrando-se pelas frestas do encaixe do telhado e alguns buracos do teto, mortiça e empoeirada. O ar cheirava a óleo e ferrugem. Fazia um calor abominável lá dentro, e os sons ecoavam de forma estranha. Ouviram vozes abafadas e grunhidos estridentes, mas ficava difícil compreender as palavras. Por fim, um grito de dor: era Pierre. Os jovens imobilizaram-se por um instante. Depois Lupin avançou até o fim dos caixotes e espiou, ansioso. Diante dele estava o faetonte, tampando sua visão do que acontecia mais adiante, e mais além, os cavalos. Um deles escavava o chão de terra batida, nervoso, agitando a cabeça e tentando se livrar do freio. Os animais estavam quase soltos, presos à lança da carruagem apenas pelos arreios, o que lhes dava certa liberdade para beber dos baldes à sua frente, mas, ao mesmo tempo, deixava-os inquietos. Arsène voltou-se para a moça.

— Se você vir alguém, avise — ele recomendou, e esgueirou-se para trás das rodas, na esperança de descobrir o que estava acontecendo. Félis ficou junto às caixas, agachada.

O adolescente ergueu-se, cauteloso, e espiou dentro da carruagem. Os cofres não estavam mais ali, mas, daquela posição, ele conseguir ver o espaço mais adiante.

As três caixas-fortes estavam dispostas uma ao lado da outra, sobre um estrado não muito alto. Não eram muito grandes. Diante da disposição havia uma cadeira desconjuntada, onde Pierre estava amarrado. Ele estava com o tronco inclinado para a frente, a roupa rasgada e suja. Ofegava e um gemido baixo escapava-lhe. O loiro, a dois passos, limpava a mão em um lenço manchado de vermelho-vivo.

— Muito bem, vamos começar de novo, senhor Durant. O senhor tem sido tão útil até agora, por que mudar isso, não é mesmo?

A voz do jovem era profunda e empolada, com uma entonação afetada e irônica. Ele continuou:

— O senhor cumpriu muito bem o seu papel de distração no leilão. Trouxe-me as chaves. Devolveu-me os diamantes que lhe deixei ontem, apesar de reclamar sobre isso. Devo dizer que não foi do meu agrado, mas, vamos em frente. Agora, o senhor só precisa me entregar o segredo, para que possamos abrir as fechaduras, a fim de que eu tome posse da documentação que me assegura o direito ao trono. Comece a falar, por favor. Eu não gosto deste lugar e ficarei muito satisfeito quando puder sair daqui. Não vale a pena tornar-se inimigo do rei de Araucânia.

Inclinou-se sobre sua presa e terminou, com tanta raiva que Arsène sentiu um arrepio:

— Apenas compreenda: eu não sairei daqui sem os documentos. O senhor está entre mim e o que eu quero. Fale de uma vez!

— Assassino! Vá para o inferno, Antoine, e leve sua loucura com você — gemeu o prisioneiro. O loiro ergueu-se, suspirou e, sem nenhum aviso, golpeou com o punho na altura dos rins de Pierre. Foi o começo de uma saraivada de socos implacáveis. Quando ele terminou, respirou fundo e limpou a mão outra vez.

— Irving? Pode me trazer um pouco de água, por favor? Estou com sede — pediu o loiro.

Um estremecimento percorreu Lupin quando se deu conta de que o cocheiro devia estar por perto. Mas nada se comparou ao que sentiu quando o homem emergiu das sombras do outro lado do loiro e fez um gesto brusco.

— Achei uma garota aqui.

E empurrou Félis para a frente.

Ela tropeçou no chão empoeirado e dirigiu ao sujeito um olhar feroz. Arsène pensou que seu coração ia parar. O loiro – Antoine – sorriu e avançou para ela.

— Ah! Minha cara! Por favor, perdoe os maus modos de Irving.

Félis voltou-se para o jovem e afundou em uma reverência.

— Majestade.

— Água, Irving, água. A senhorita está com um traje enlameado e cheio de poeira. Inspirada em *"Os Miseráveis"*, talvez? Fantine é uma criação estupenda do velho Victor Hugo, não lhe parece?

— Receio nutrir maior simpatia por Éponine, senhor — comentou ela, sorrindo adoravelmente.

Ele riu e tomou-lhe a mão, a qual beijou como um cavalheiro. Do seu lado, Pierre estremeceu, tossiu e cuspiu sangue junto aos seus pés.

— Preciso agradecer a sua intervenção no leilão. Ao final, pude economizar alguns milhares de francos que, de outra forma, não teria como pagar — comentou o loiro, conduzindo-a como se estivessem em um salão de baile.

— Tem jogado pesado, majestade — ela comentou, observando Pierre com atenção.

— Ah, você me conhece! Eu sou um grosso. Olhe o que fiz com este homem que detém uma informação que me pertence e se recusa a dá-la! Tenha a bondade de me ajudar, talvez a senhorita tenha sucesso onde falhei de maneira tão triste.

Félis sorriu, sedutora, para o loiro.

— Ah, Antoine, você não tem jeito mesmo.

Ela esticou o pé e tocou a canela do prisioneiro, que gritou. Devia estar com algum osso quebrado. A moça inclinou-se sobre ele e disse o mais claro que pode:

— Se eu fosse você, seria razoável. Talvez saia daqui com vida.

A seguir, ergueu-se e olhou para Arsène, que a fitava de seu esconderijo nas sombras. O recado, ele entendeu, não era apenas para Pierre.

— Você é louca como ele — rosnou o prisioneiro.

— Conhece o segredo dos cofres? A forma de destrancá-los sem explodir? Eu, no seu lugar, já os teria aberto — ela retrucou, implacável. Pierre soltou um gemido horrível.

— Ele machucou minhas mãos! — protestou.

Félis voltou-se para Antoine, que deu de ombros enquanto bebericava um cantil que Irving havia trazido. Em seguida, o sujeito sumiu de cena outra vez.

— Majestade, assim o senhor mesmo será obrigado a arriscar-se a abrir os artefatos — ela comentou.

— Para isso tenho um criado — ele devolveu, sem se importar com nada.

Súbito, Arsène sentiu um movimento às suas costas. Voltou-se rápido e conseguiu desviar-se da manopla de Irving. Deixou-se cair e escorregou para baixo da carruagem.

— Olha, tem mais um aqui! — avisou o sujeito, abaixando-se. Lupin agarrou areia do chão e atirou nos olhos do cocheiro, que recuou com uma praga. O pé do adolescente surgiu como um raio e acertou-o no estômago. O homem gemeu e caiu por cima de um monte de latas, que desabaram em dominó, criando uma barreira entre eles. Os cavalos moveram-se, espantados, Arsène levantou-se do outro lado e subiu na boleia, disposto a se jogar sobre Antoine, resgatar Félis e Pierre, e fugir com eles dali.

Mas quando olhou para a frente, viu que o loiro segurava a moça com força contra o peito.

— Trouxe um amigo e não me apresentou a ele, Félis? Tsc, tsc, tsc, você age igual ao meu tio. Vai ver que foi por isso que ele a contratou, não é? — disse. Encarou Arsène em pé na carroça e sorriu.

— Ataque — provocou. — Ela estará morta antes de você tocar em mim.

A adaga de Araucânia estava encostada na garganta da moça.

7 – O REI DE ARAUCÂNIA

Mesmo se não soubesse o que a arma podia fazer, Lupin teria desistido. Para dizer a verdade, reconheceu na hora que a ideia de bancar o herói era péssima. Irving apareceu bufando e puxou-o para baixo com força desnecessária.

— Amarre-o em uma das rodas, meu bom amigo. E depois, creio que poderemos amarrar nossa dama junto dele.

Pierre espiou sobre o ombro e duvidou um pouco do que via:

— Arsène? — indagou.

— Ora, ora, parece que só eu não conheço o senhor — zombou Antoine, arrastando Félis consigo, enquanto o comparsa forçava Lupin a sentar, a fim de amarrá-lo em um dos raios de madeira da roda. — Qual é a sua graça?

— Nenhuma. Não tenho vontade alguma de fazer piada, no momento — retrucou o prisioneiro de maus modos. Irving terminou o que estava fazendo e o acertou com um tabefe.

— Não banque o espertinho. O sujeito aí é um rei — disse.

— Nem você acredita nisso, bobalhão — resumiu o adolescente furioso, sentindo o gosto de sangue na boca. A mão do sujeito subiu de novo, mas Antoine interveio.

— Pare de se divertir e prenda a moça. Temos um trabalho aqui — resmungou, empurrando-a na direção do cocheiro. Ele a agarrou de maus modos e prendeu-a na outra roda.

— Muito bem — disse Antoine, e afastou-se pensativo. Depois se voltou para Irving. — Vá dar uma olhada lá fora. A senhorita não veio desde a rua Drouot a pé. Deve haver um cabriolé a sua espera. Se houver alguém esperando por eles, livre-se do sujeito e volte o mais rápido que puder.

O homem fez uma careta, mas obedeceu. Antoine ficou agachado diante de Lupin avaliando-o com frieza. Usou a ponta da adaga para mover os pedaços do casaco e da camisa cortada, até expor o seu peito arranhado. Franziu o cenho.

— Você não era mais gordo?

Arsène cruzou os pés, como se estivesse relaxando em casa.

— E você era mais calado. Eu gostava mais quando apenas declarava valores que não pretendia pagar.

Antoine sorriu como se fossem velhos amigos, mas Lupin sabia que isso era uma ameaça. Disfarçou o estremecimento diante da ponta afiadíssima da arma com um balançar de ombros. O sujeito continuou:

— Como é o seu nome, rapaz?

— Nome? O que há em um nome? — devolveu Arsène, atrevido.

— Com um nome não sei como dizer-te quem sou eu.

— Romeu e Julieta, ato dois, a porcaria da cena do balcão — aborreceu-se Antoine. Inclinou-se para a frente. — Preciso lembrá-lo de como Romeu terminou?

Em resposta, o garoto rodou uma das pernas e acertou o joelho com violência no rosto de Antoine. O loiro gemeu e largou a faca, que era o que Arsène esperava. Completou o golpe chutando o peito dele, arremessando-o para longe. Antoine caiu com um gemido, atordoado. Lupin colocou os pés sobre a adaga, na esperança de puxá-la para si, alcançá-la e libertar-se, antes que o outro se refizesse, mas quando levantou os olhos de novo, viu que o jovem estava sentado no chão, apontando-lhe uma pistola. Não era grande, mas com os dois canos negros alinhados aos seus olhos, Arsène não teve a menor dúvida de que faria um estrago fatal. Imobilizou-se, assustado.

— Diga-me, por que eu não o mato agora mesmo? — ofegou o loiro, furioso.

— Eu falo o segredo do cofre — gritou Pierre. — Deixe-o em paz.

Antoine não disse nada por longos e aflitivos segundos. Por fim, rosnou:

— Chute a adaga.

O adolescente estremeceu, mas não fez nenhum movimento. Então o sujeito arreganhou os lábios e desviou a arma, apontando para Félis. Ela prendeu a respiração.

— Chute a adaga, "Romeu" — insistiu Antoine. — Não entendeu ainda com o que está lidando? Com o inevitável. Eu serei rei mesmo que tenha que deixar um rastro de sangue atrás de mim.

— Começando com Gregory Durant? — Lupin cobrou, chutando a adaga. A arma ficou entre ele e Félis. Pierre soluçou.

— Sim, começando com penhorista. Aliás, era você que estava lá quando fui buscar minha coroa e as adagas, não? Você era o garoto dos diamantes.

— Que você roubou, junto com o lenço da minha mãe — concordou Arsène. — Acredite, Antoine, vou acabar com você por conta disso.

O loiro sorriu e levantou-se.

— Ah, que rancoroso. Imagine se você fica sabendo que seu amigo Pierre os recebeu como pagamento para atuar no leilão e me ajudar a conseguir os cofres.

— Você me enganou! — gritou Pierre em resposta. — Disse que sabia quem tinha matado meu pai! Eu só estou aqui porque queria saber quem foi!

— Eu não o enganei. Sempre soube quem o matou: fui eu. Em todo caso, agora você também sabe. Pronto. Estamos quites.

Aproximou-se de Pierre e chutou sua canela ferida. O jovem gritou de novo.

— Agora, me diga o maldito segredo ou juro pelo que há de mais sagrado que mato o seu amigo aqui na sua frente.

O rugido de um trem passando estremeceu o galpão inteiro. Os cavalos, irrequietos com aquilo tudo, fizeram com que as rodas do faetonte se movessem. Félis ficou em uma posição desconfortável e reclamou, mas Antoine não tomou conhecimento. Arsène ficou em silêncio, um pouco esperançoso, pois o movimento aliviou a pressão das cordas e ele imaginou que não seria difícil abrir o nó. Respirou devagar para acalmar as batidas do coração e começou a trabalhar nisso.

Irving apareceu junto às caixas.

— Não vi ninguém lá fora. Só um ou dois beberrões debaixo de uma árvore — declarou.

— Melhor para nós, caro amigo. Nosso bom Pierre resolveu ser razoável.

Inclinou-se sobre o rapaz de novo e comentou:

— Vai ser bonzinho, não vai? Vai falar o segredo?

Pierre gemeu. Respirava aos arrancos, cheio de dores.

— Cale-se! — aconselhou Arsène. — Se você falar, estaremos mortos.

Antoine levantou-se e olhou para ele com altivez.

— Não mesmo! — disse. — Meu primeiro ato real será perdoar vocês pelos seus crimes contra a coroa de Araucânia. Eu os pouparei, e cumpro as minhas promessas. Prometi que localizaria as armas de Araucânica e os cofres. Cumpri. Serei rei, porque o prometi. E lhes darei minha misericórdia. Palavra de Antoine I.

— Você não tem direito a esse trono, Antoine — rosnou Félis. — Você não é descendente direto da viúva Valdívia-Dauphin. Ela não teve filhos.

— Detalhes — desdenhou o sujeito. — Agora chega. Pierre, meu caro, diga o segredo. Irving, abra a fechadura.

O cocheiro deu de ombros. Pierre soluçou de novo. Lupin abriu um laço e sentiu suas mãos livres, mas ficou como estava, esperando que eles se distraíssem.

— Qual da caixas, chefe? Ahm... majestade? — perguntou o homem, em dúvida. — Essas coisas não vão explodir?

Antoine deu de ombros.

— São perfeitamente seguros. Com o segredo correto, a fechadura deve aparecer. Daí você vê qual das chaves serve. Cada uma tem um desenho único. Não dá para usar a chave errada porque ela não encaixa na fechadura. É tudo muito bem pensado.

O homem concordou e aproximou-se do cofre à sua direita. Era o mais próximo. Observou-o com atenção.

— Nunca vi um troço mais feio — resmungou.

— Cinco para a direita... — começou Pierre. Lupin surpreendeu-se ao perceber que o jovem de fato conhecia o segredo e sabia-o de memória.

— Como assim "cinco para a direita"? — protestou Irving, voltando-se para Pierre. — Não tem número nenhum nessa coisa!

Antoine aproximou-se e observou com atenção.

— Temos esses quadrados entre os rebites, está vendo? — comentou, apontando para a porta. — Alguns não têm rebites e parecem soltos.

Contou os quadrados da direita para a esquerda, na ordem de leitura, como se fossem linhas de um texto, e animou-se:

— ... quatro, cinco. Este aqui. Tente empurrá-lo para a direita.

O homem obedeceu e a pequena chapa de ferro cedeu, áspera, desaparecendo por trás do quadrado com rebite ao lado dela. Alguma coisa dentro do mecanismo da porta estalou de leve.

— Olhe! Você tem razão! — alegrou-se o homem. Antoine levantou-se e se aproximou do prisioneiro.

— Próximo número?

— Seis, direita.

Enquanto Pierre dizia a combinação e a atenção de todos estava voltada para a fechadura, Lupin achou que era sua chance. Livre, deslizou em silêncio para debaixo da carruagem e colocou-se atrás de Félis.

— Vou soltar você — cochichou. — Se esse negócio explodir, os cavalos vão enlouquecer e vão arrastá-la.

Ela nada disse. Apenas moveu de leve a cabeça, numa afirmação trêmula. Ele começou a trabalhar no nó. A voz de Pierre soou de novo:

— Quatro para cima.

Cada peça de ferro movida gerava um estalido dentro da porta. Lupin tinha os olhos no emaranhado que prendia as mãos da moça e os ouvidos no dispositivo. Sentiu a testa suar. Mais um laço e Félis estaria livre.

— Sete para cima.

— Acho que está emperrado...

O laço não cedeu. Com força, Arsène puxou o nó, enquanto ouvia Pierre dizer:

— Oito para a esquerda.

— E... sim! Olhe, Antoine! Aqui está a fechadura! — comemorou o cocheiro.

— Então, o que está esperando? É a chave em "S"! — gritou o loiro, entregando a chave para o sujeito.

Debaixo da carroça, lutando contra o emaranhado, Lupin imobilizou-se. Algo dentro dele soava como uma sirene de alarme. Justo quando conseguiu libertar Félis, ouviu a chave sendo encaixada na fechadura e o ruído áspero de algo raspando em uma lixa assim que o cocheiro a girou.

— Corra! — ele gritou.

A explosão foi espantosa. Tudo o que ele conseguiu fazer foi se encolher debaixo da carroça, enquanto os cavalos debatiam-se, escoiceando tudo o que tinham ao seu alcance, tentando se libertar dos arreios que ainda os seguravam, enlouquecidos de medo.

8 – LUPIN I E ÚNICO

Por longos instantes, tudo foi um caos ao redor de Arsène. Os cascos afiados passaram a centímetros de sua cabeça, e as rodas avançavam e recuavam, esmigalhando o solo. Achou que não escaparia.

De repente, o movimento parou e a carroça imobilizou-se. Uma das rodas da frente soltou-se e o assoalho do faetonte cedeu para um lado. Do lado de fora, o ruído ensurdecedor de um trem sacudiu tudo.

— Você está bem?

Arsène espiou entre os dedos e viu Félis ajoelhada, olhando na sua direção. Rápido, esgueirou-se para longe da estrutura instável. E bem a tempo, porque outra roda também cedeu e o assoalho pesado desabou para a frente, esmagando o eixo. O garoto ficou um instante sentado, se recuperando. Os cavalos circulavam pelo recinto, livres, relinchando e procurando uma saída. As rédeas estavam cortadas e Félis segurava a adaga. Lupin olhou para além dela.

O cofre alvo da tentativa de abertura estava destruído, as paredes de metal rasgadas em pontas afiadas. A explosão não só tinha rompido a caixa-forte, como também derrubado sua vizinha. O artefato parecia vazio: não havia nenhum pedaço de papel incinerado dentro dele. Nada de nada.

Diante do cofre destroçado, o corpo de Irving, de bruços. Debaixo dele, o chão tingia-se de uma mancha escura e pegajosa. Era horrível e o adolescente desviou os olhos, tentando não imaginar o que a explosão e os rebites da porta haviam causado no peito do homem. Ele olhou para Pierre, que fitava o corpo a seus pés com franco terror.

— Você está bem, Pierre? — perguntou, mas o rapaz não reagiu.

— Está surdo pela explosão — comentou Félis sem emoção alguma. — Só não foi atingido porque Irving serviu de... ahm... escudo. Antoine observava o morto com uma expressão de tédio.

— Droga. Vai ser difícil achar outro sujeito tão grande por um salário tão pequeno — resmungou, tocando o pé dele com a ponta do sapato. Por fim, olhou para os outros três.

— Bem, então só nos resta esperar que Pierre tenha melhor sorte na próxima tentativa — comentou, aborrecido, dirigindo-se à cadeira onde o prisioneiro agora o encarava aterrorizado.

— E o que nos impede de sair agora e procurar ajuda? — indagou Arsène levantando-se. Antoine sorriu para ele e sacudiu a arma diante do seu nariz.

— Porque se me deixar sozinho com seu amigo Pierre, pode ter certeza de que ele não estará vivo quando voltar. E porque a nossa amiga está tão interessada nos papéis do cofre quanto eu.

Arsène espiou Félis e ela sorriu para ele, levantando a adaga de cabo de osso, com a qual havia libertado os cavalos.

— Diga "muito obrigado" e fique bonzinho — ela recomendou. Sentindo-se traído, o adolescente cruzou os braços e torceu o nariz.

— Vamos ver, então — murmurou Antoine ao lado de Pierre. O rapaz tentou recuar, mas tudo o que conseguiu, além de gritar de dor, foi virar a cadeira onde estava amarrado.

— O que vai fazer? — quis saber Lupin, dando um passo à frente.

— Ele vai abrir a outra porta para mim — grunhiu Antoine, erguendo o prisioneiro.

— Eu não sei o que deu errado! Eu não sei! O segredo era esse! Era esse! — gritava Pierre, apavorado com a ideia de fazer rodar a outra fechadura.

67

Arsène olhou as caixas restantes e respirou fundo.

— Deixe-o em paz. Eu abro — ofereceu-se.

Félis deu um salto.

— Como assim? — indagou, surpresa.

Lupin ignorou-a. Avançou e colocou de pé o cofre virado. Agachou-se diante das duas caixas de ferro, observando-as com cuidado. Ambas, de fato, não eram idênticas. O número de rebites e plaquetas de ferro móveis em cada uma não era o mesmo. Naquela à sua frente havia oito plaquetas disponíveis para movimentação. Na outra, eram nove que se alternavam com nove rebites, tudo disposto em seis linhas e três colunas.

Ele passou a mão na boca. Aquilo, é claro, tinha um significado. Um significado fatal: apenas um dos cofres era o verdadeiro. O outro devia estar vazio e era outra armadilha, como o que matara o cocheiro. Escolher o artefato errado era assinar uma sentença.

Arsène abaixou-se e, devagar e com precisão, reproduziu o esquema de quadros e rebites de ambas as portas na poeira do chão. Depois, desenhou em torno um quadrado, como se fosse a carta do pai, e desenhou os números, tal como Théophraste os havia distribuído na folha de papel. Em sua testa contraída, surgiu uma pequena ruga em forma de cruz. Cada palavra, cada rabisco, por mais insignificantes que pudessem parecer, tudo tinha um sentido de vida e morte agora.

De repente, lembrou da data errada na carta. Colocou o último número, o 9, embaixo e no meio, lembrando do minúsculo símbolo que o pai usara no lugar do ponto final.

Então, seu olhar iluminou-se. Ele encarou as caixas de ferro e sorriu. Depois riu. Gargalhou. Félis piscou repetidas vezes e Antoine franziu o cenho. Pierre pensou que ele pudesse estar chorando de pavor, mas teve a maior surpresa quando Lupin voltou o rosto cheio de energia para ele.

— Ora, ora, parece que meu velho sabia mesmo com quem estava lidando — disse e ergueu-se, satisfeito, ensaiando uns passos de dança. Saltou sobre o estrado e as caixas, apoiando um pé sobre cada uma delas, sem o menor medo, bradando:

— Ele contava comigo, o filho dele! Arsène Raoul Lupin, primeiro e único! Muito obrigado, muito obrigado.

Parou, contrariado, encarando sua plateia estupefata.

— Não ouço as palmas — reclamou.

— Você não abriu o cofre — devolveu Antoine, cruzando os braços. — Faça algo de útil e eu decido se lhe dou um tiro ou um tapinha nas costas.

— Achei que você ia nos perdoar... A primeira medida do rei, blábláblá — ele respondeu, saltando de volta ao chão. — Tenho um acordo para você.

Ninguém disse nada. A reviravolta era tamanha que até Félis parecia incapaz de reagir. Arsène sentou-se entre as caixas explosivas, cantarolando.

— Você está brincando com a minha paciência — rosnou Antoine, aproximando-se de Pierre e colocando a arma na têmpora dele. — Abra isso ou dou cabo do seu amigo.

O adolescente olhou para Antoine com todo desprezo que sentia.

— Se quiser que eu abra o cofre certo, de modo a não incinerar o conteúdo, é melhor afastar essa arma de Pierre. Porque se você matá-lo, eu juro, as únicas coisas que terá do seu reinado serão cinzas e a forca. Acredite, eu sei como fazer.

9 – O SEGUNDO COFRE

O cano da arma de Antoine afastou-se da cabeça de Pierre. Arsène respirou um pouquinho mais aliviado.

— Félis, querida: pode ter a bondade de soltar Pierre? — o garoto continuou no tom alegre. — Assim nosso amigo poderá sair daqui e buscar ajuda médica, que é o que necessita no momento. O futuro rei de Araucânia não terá nenhuma objeção, eu presumo. Estaremos longe quando Pierre voltar com a polícia.

Como Antoine permaneceu calado, Félis avançou depressa e libertou Pierre.

— Vá logo — sussurrou para ele.

O filho de Durant levantou-se gemendo e afastou-se na direção dos caixotes que ocultavam a porta de serviço, saltando em um pé só.

— Suponho que você não se importe se a nossa valente dama ocupar o lugar do seu amigo — rosnou Antoine com a voz rouca. Lupin espiou-o com o canto dos olhos e cogitou negociar a saída dela, mas duvidou que a moça concordaria com isso. De fato, Félis aborreceu-se e revirou os olhos.

— Vamos acabar com isso — disse, e sentou-se na cadeira, com a adaga sobre os joelhos. Cruzou os braços e encarou Arsène. Ele sentiu o coração quase parar. Ela era linda, linda, linda. Se alguma coisa lhe acontecesse, ele jamais se perdoaria. — E então? — ela indagou.

Era hora de fazer alguma coisa mais palpável do que falar. Para dizer a verdade, agora que lhe tocava abrir uma das fechaduras, sua coragem estava sumindo. "Em frente, pois, meu pequeno Lupin", disse a si mesmo, lembrando-se do pai, e levantou-se. Parou diante dos artefatos e escolheu um deles: o que tinha nove rebites explosivos e nove quadros vazios.

Agachou-se diante da coisa e lembrou da disposição dos números na carta de Théophraste: o número 1 no alto, à esquerda, *mas o número 4 na margem da direita*. Isso significava que a terceira linha de placas não estava ordenada da esquerda para a direita, na ordem de leitura, como Antoine imaginara, *mas de forma invertida*. Respirou fundo e tocou a chapa correspondente ao "5".

Ela não se moveu, então ele a empurrou um pouco. Sentiu quando o pedaço de ferro caiu em uma espécie de trilho e depois deslizou para o lado, um movimento áspero por causa do pó que se assentara no mecanismo em todo aquele tempo. Na metade do caminho, sentiu quando o quadrado encaixou em algum espaço secreto, e ouviu o clique de algo se armando dentro da porta.

Respirou fundo e empurrou a sexta chapa, deslizando-a para o lado direito, como fizera antes. Como o anterior, a chapa deslizou e encaixou.

Clique.

As duas peças seguintes foram encaixadas sem nenhum problema. O quarto, à esquerda do conjunto, precisava ser empurrado para cima. O ferro subiu, mas quando ele tirou o dedo, pensando que estava no lugar, a lâmina caiu e ficou meio torta. Teve de usar habilidade e paciência para colocar a peça teimosa na posição original e levá-la até o seu lugar. Desta vez, não houve som algum.

— Não é que ele lembra da ordem das pecinhas? — zombou Antoine.

— Shhh — resmungou Félis. — Se ele errar, você fica sem o tratado.

— Se ele errar, ele morre, e caberá a você abrir o último cofre — ameaçou o loiro.

— Calem-se — aborreceu-se Lupin. — Estou tentando ouvir.

— Ouvir o quê? — disse Antoine, bem ao lado da orelha do adolescente.

— Ele está ouvindo o artefato ser engatilhado, seu maluco. Quer que morramos os três? — protestou Félis, puxando-o com força para trás. Antoine caiu sentado e rindo.

— Por Deus, isso está me levando à loucura — gargalhou.

— Você já é louco, Antoine — zangou-se Félis.

— Calem-se!

A ordem soou fria e cortante. Os dois obedeceram e Lupin se recompôs.

Faltavam só dois encaixes. O sétimo quadrado foi empurrado para seu novo nicho com uma facilidade inesperada e o estalido que anunciava sua colocação foi alto e claro. Ele voltou-se para o oitavo recorte e, de acordo com a lista, fez pressão e tentou movê-lo para a esquerda.

O pedaço de ferro não se moveu.

Ele empurrou de novo.

Nada.

Uma gota de suor escorreu pela têmpora de Arsène.

— Você está demorando demais. Espera que seu amigo Pierre volte com a polícia, é isso? — irritou-se o loiro e engatilhou de novo a sua arma, encaixando-a na orelha dele. Lupin espiou-o, irritado.

— Você já fez isso tantas vezes que começo a desconfiar que está descarregada — resmungou.

Antoine levantou o braço e deu um tiro para cima. Os cavalos, que tinham se aquietado em um dos cantos do galpão, relincharam e recomeçaram a trotar, esbarrando em coisas caídas nos cantos e espantando-se a cada vez. O loiro encaixou de novo o cano na orelha de Arsène.

— Tem mais uma bala. É o que eu preciso para me livrar de você.

— E você, nada de ajudar, hein, Félis? — resmungou Lupin, sentindo um gosto metálico.

— Se você acha que pode abrir isso aí, bem. Se estava blefando, é tarde demais para me pressionar — ela lembrou. — Nesse momento, acho que o dedo de Antoine seria mais rápido do que eu. Sinto muito. Abra.

Lupin olhou para o mecanismo. Por que o oitavo quadrado não se movia? Ele espiou a quarta chapa, aquela que não tinha soado nenhum estalido ao ser posta em seu lugar.

De fato, ela não estava bem colocada.

— Pode me emprestar um dos ganchos do seu coque? — pediu à moça.

Félis apressou-se em atender ao seu pedido. Com o arame, Arsène empurrou outra vez a quarta chapa de ferro para cima.

Agora sim: clique.

O garoto espiou o oitavo quadrado. Empurrou-o e ele cedeu, como se sempre tivesse estado solto. Respirando fundo, o garoto o empurrou para o lado. Mas não estava olhando para ele. Estava olhando para o último quadrado vazio da porta, a nona chapa de metal no meio da última linha de rebites.

O oitavo quadrado encaixou com o estalido característico, revelando uma fechadura no estreito espaço que surgira. Mas o detalhe que só Lupin viu é que o último quadrinho moveu-se de leve.

Ele sorriu.

— Então... aqui está... — comentou Antoine meio distraído, procurando no bolso, com a mão livre, a chave que encaixaria no desenho da fechadura exposta.

— Não tão rápido — disse Arsène. — Esta é uma fechadura falsa. Se a usarmos, causaremos a detonação.

E com um gesto suave, moveu a nona chapa de metal, revelando uma segunda fechadura, idêntica à anterior.

Félis debruçou-se para a frente. Antoine ficou estupefato.

— Ora, veja — murmurou. Entregou uma das chaves a Lupin e afastou-se alguns passos. — Gire-a.

Sem outra saída, o adolescente empurrou a chave para dentro do encaixe. Encarou a porta de ferro, escura e pesada, os rebites, e estremeceu. Depois, agarrou a haste de ferro e a girou.

Houve um ruído áspero e a sensação de estar roçando uma lixa oculta. As engrenagens invisíveis da porta moveram-se, endurecidas pelo tempo de imobilidade.

E, sob seus dedos, sentiu a porta soltar-se com surpreendente leveza.

Naqueles segundos, enquanto esperavam o estampido mortal ressoar outra vez no galpão, Lupin pensava, freneticamente, sentindo os cabelos colando na testa. Era sua última chance: se abrisse a caixa, nada impediria Antoine de cumprir suas ameaças assassinas – e ele não estava disposto a fazer parte da lista funesta. Sem mover a cabeça, levantou os olhos e localizou os cavalos. Talvez tivesse uma chance.

Puxou a chave da fechadura tendo o cuidado de abrir apenas uma fresta da porta negra; de súbito, levantou-se e gritou, ao mesmo tempo em que jogava a chave em uma das ancas do animal mais próximo:

— Cuidado! Eu me enganei!

Várias coisas aconteceram ao mesmo tempo: Félis encolheu-se, à espera de algum impacto, e Antoine recuou de qualquer maneira para afastar-se da explosão, tropeçou e caiu. O cavalo que Arsène acertou com a chave relinchou, escoiceando seu inimigo imaginário, levando o companheiro a repetir o golpe contra o portão do galpão, onde tinha se refugiado. O golpe do primeiro animal acertou um dos baldes onde eles tinham bebido água e o objeto voou pelo recinto, aumentando a confusão. O segundo cavalo conseguiu abrir uma brecha no portão, por onde se meteu, forçando a tramela que a segurava, abrindo um espaço largo. Tudo isso deu a Lupin a oportunidade de escancarar a porta de ferro, enfiar a mão para dentro e agarrar a alça da carteira de documentos que havia lá antes de voltar-se num rodopio. Avançou para o loiro, que vinha se levantando, e o acertou com tudo e derrubando-o enquanto a arma disparava às cegas. O cavalo que restava empinou diante dos rapazes, ameaçando retalhá-los com suas patas. Lupin livrou-se de Antoine e correu para a brecha aberta no portão de carga; no caminho, agarrou o braço de Félis.

— Vamos!

Os dois correram através da passagem. A tarde mudara por completo: da manhã ensolarada e quente, o céu se fechara num chumbo escuro e abafado, prenunciando uma tempestade. Para os lados do Arco do Triunfo, um trovão rimbombou, ecoando o rugido de uma das locomotivas que chegava, ruidosa.

— Vamos procurar Leonard — disse Félis.

— Espere — ele ofegou, espiando e colocando a alça da velha bolsa no ombro. Seria possível que a sorte lhes sorrira e o cavalo nocauteara Antoine?

Em resposta, o portão de serviço escancarou-se, batendo com violência na lateral. Antoine ia montado em pelo no cavalo restante, usando os arreios da carruagem como estribo, mas o animal estava indócil, recusando a rédea, e seu cavaleiro perdeu instantes preciosos para assumir o controle. Lupin não esperou para ver o que aconteceria. Disparou com um grito para Félis:

— Venha! Na plataforma estaremos protegidos pela multidão.

Ele subiu os degraus da escada de serviço para o espaço onde circulavam os passageiros do trem recém-chegado, seguido da moça. Havia mulheres e suas enormes saias comandando criados e crianças, todos ocupados com sacolas, malas e caixotes. Meninos que trabalhavam como carregadores da estação disputavam a atenção de madames preocupadas com seus chapéus e sombrinhas, e com a chuva que começa a cair numa torrente. Provincianos confusos, trabalhadores apressados, homens de negócios com cartolas e bengalas se aglomeravam. Um grupo de caçadores gargalhava junto a caixotes, e meninos corriam para a porta da frente da estação, para conseguir uma carruagem de aluguel. Os dois fugitivos avançaram entre a multidão, confundindo-se com as pessoas. Antoine se esticava sobre a montaria tentando localizar seus alvos. Ele deu um impulso com o corpo, instigando o animal, e o cavalo saltou para a frente, pelo trilho lateral ao trem que descarregava, passando ao lado da outra plataforma e provocando espanto nas pessoas que esperavam para embarcar no próximo comboio, cuja locomotiva se aproximava apitando. O cavalo de Antoine resfolegava de medo, mas o cavaleiro continha-o, sem desistir de encontrar seus fugitivos entre os espaços dos vagões ao lado e pelas janelas abertas. A distância entre a máquina e o animal começou a diminuir depressa e as pessoas começaram a gritar, assustadas com o possível resultado que se desenhava: não havia para onde o cavaleiro escapar, porque o outro trilho estava ocupado pelo trem de passageiros. Se o cavalo não chegasse logo ao final da plataforma, onde havia uma rampa, seria atropelado pela locomotiva.

Um pouco à frente, Félis e Arsène seguiam avançando, empurrando pessoas, desviando-se como podiam de carregadores e passageiros. O rapazinho mal acreditou quando pisaram no saguão amplo da estação. À frente estavam as portas de saída, e tudo o mais meio oculto pela nuvem de vapor da máquina que chegava. Houve um apito estridente e mais fumaça densa escondeu o mundo, enquanto o sino da locomotiva tocava.

Então o vapor explodiu em movimento. O cavalo de Antoine vencera a corrida contra a locomotiva e agora avançava na direção deles a toda velocidade. A moça gritou e afastou-se de Lupin. O garoto arremeteu, correndo entre os passantes que abriam caminho, espantados por ver um cavalo entrar no saguão. Arsène espiou e viu Félis correndo em paralelo a ele. Deu um meio sorriso e seguiu para um espaço entre os bancos de espera, onde era difícil para a montaria dar meia-volta. Seguiu sempre em frente, até ficar encurralado. Então virou-se: Antoine estava muito perto, a expressão enlouquecida de raiva e triunfo. Quase atrás do cavalo, Félis acompanhava o desfecho angustiada.

— Aqui, Félis! — chamou ele, e jogou a carteira rente ao solo. A bolsa deslizou com um chiado por entre as patas do animal e foi parar nos pés da moça, que a agarrou e correu para uma das saídas.

— Maldito! — vociferou Antoine, e obrigou o cavalo a dar a volta. O animal derrapou no chão liso, com dificuldade de mover-se no espaço apertando para onde Lupin os havia atraído. Quando conseguiu avançar, a moça já tinha atravessado uma das portas, segurando a sacola pela alça longa. Sozinho, Arsène correu para uma das saídas da estação.

10 – A PERSEGUIÇÃO

A chuva tinha aumentado e as pessoas apressavam-se para atravessar a explanada e se refugiar nos arcos da entrada da construção. Poucos prestaram atenção na moça que corria com uma pasta de couro nas mãos, mas todos se espantaram com o homem a cavalo no seu rastro. Antoine a alcançaria antes de ela atravessar a entrada das carruagens e chegar à calçada. Algo reluziu em suas mãos e Arsène, junto à gigantesca porta envidraçada, sentiu um arrepio ao lembrar da adaga de cabo de osso. Olhou para a fila de carruagens, trazendo passageiros, entrando pelo portão da grade de ferro que rodeava a estação e reconheceu o cabriolé conduzido por Leonard estacionado fora do pátio. O homem estava na boleia, tentando chamar a atenção da moça. Era inútil. Félis não o alcançaria, mesmo que corresse em sua direção, e ela ainda não o tinha visto.

Um ciclista alcançou a marquise ao lado de Lupin e ele não pestanejou: agarrou o guidão da bicicleta, olhou firme para o homem e lascou, sem pensar:

— Sou da segurança da estação. Estou requisitando sua bicicleta em nome de Paris.

Surpreso, o homem soltou o guidão. Arsène subiu no selim e empurrou-se para a frente, pedalando como um louco, ganhando velocidade. Ouviu os apitos dos verdadeiros seguranças emergindo pelas portas atrás dele e franziu a sobrancelha: "já não era sem tempo", pensou aborrecido.

— Minha bicicleta! — ouviu o homem gritar ao se dar conta do que tinha acontecido. Mais apitos soaram.

Então, pronto! Agora estavam em seu encalço também.

Sem olhar para trás, Lupin avançou com rapidez na direção do cavalo e de Félis.

— Félis! A bolsa! — gritou para a moça.

Ela olhou sobre o ombro e jogou a pasta na sua direção. Arsène freou e agarrou o arremesso com precisão. Antoine berrou um palavrão e obrigou a montaria a se voltar para o garoto.

— Me dê! Isso é meu! — vociferou o loiro, erguendo a adaga. Lupin meteu o pé no pedal e tratou de abrir o máximo de distância entre ambos. Alcançou o portão de saída das carruagens e meteu-se entre elas. A chuva aumentava, pesando a cada pedalada, acumulando-se nas sarjetas, e ele precisou desviar de mau jeito de uma carroça carregada quando dobrou na rua lateral da estação. Derrapou, quase caiu diante das patas dos animais de tração, depois conseguiu equilibrar-se e voltou para o selim, mal conseguindo enxergar entre os cabelos encharcados que colavam no rosto. O som do galope, os protestos dos condutores e os apitos, tudo indicava que Antoine continuava na sua cola. Entrou com tudo na rua das Eclusas, onde foi obrigado a descrever uma curva grande para não bater na traseira de uma carroça de carga fechada, diante de uma fábrica de cordas para piano. O movimento o fez parar na outra calçada. Perdeu segundos preciosos e um impulso ainda mais caro, e, como se não bastasse, espirrou lama malcheirosa em uma mulher que se abrigava junto a uma porta. A dama ameaçou acertá-lo com uma sombrinha diminuta, o que indicou a Antoine onde o fugitivo estava. Arsène avançou de qualquer jeito, subiu em uma prancha usada na reforma de um prédio à frente, atravessou a plataforma bamboleante do andaime das obras e decolou para a rua lateral ao canal de Saint-Martin. O voo foi curto e a aterrissagem, dura: sentiu o tranco da bicicleta no chão, e a roda da frente balançou como se quisesse dançar. Tentou controlar a direção, mas, quando percebeu, estava com o guidão solto, desconectado do suporte. A bicicleta bateu com tudo em um dos postes de iluminação às margens do canal.

Sem tempo para se refazer do baque, Lupin saiu cambaleando na direção da ponte que via um pouco mais abaixo. Naquele trecho, o canal era controlado por comportas e a mais próxima estava fechada para a aproximação de uma barcaça que descia o curso d'água. Alguns marinheiros que tinham visto a *voadora* da bicicleta na saída do andaime gargalhavam de sua louca fuga. Ele cogitou saltar para o barco: as laterais quase roçariam as margens de pedra cinzenta quando atingisse a área da eclusa. Porém, a embarcação ainda estava muito longe e essa não era uma opção no momento.

Foi quando o cavalo de Antoine apareceu na esquina, refugando a rédea, farto de tanta confusão, tentando se livrar de seu cavaleiro. Com alguma dificuldade, o loiro conseguiu pular do lombo do animal e correr na direção de Arsène. O cavalo saiu em disparada, rua acima, dando coices no vazio, para diversão ainda maior dos marinheiros.

Lupin virou-se em busca de uma saída e viu passar um grupo de policiais, mais abaixo, atravessando a ponte na direção do bairro situado na outra margem do canal. Não poderia contar com a ajuda da lei tão cedo, irritou-se ele, e passou o braço pela alça da bolsa. Voltou a correr.

Foi quando Antoine jogou-se sobre ele e o derrubou. Os marinheiros gritaram, alguns aplaudindo, outros xingando, fazendo apostas entre si. Ágil, Lupin voltou-se e empurrou com força o pé na direção de Antoine. O loiro sentiu o golpe e rolou para o lado, largando-o. Arsène levantou-se. Os marinheiros, agora todos na proa, apesar da chuvarada, vibraram. Antoine avançou como um trem, com a adaga em riste, pronto para tudo. Sem ter outra coisa com que se defender, Arsène usou o guidão que ainda tinha em mãos e amparou o golpe.

— Me dê a bolsa! — berrou Antoine. Lupin não respondeu: empurrou o guidão com energia, mantendo o outro afastado. Aplausos e vaias vieram da barca. Antoine reagiu enfurecido, descrevendo um arco com a adaga, tentando acertar a cintura do oponente, e o garoto saltou para trás uma e outra vez, colocando-se fora do seu alcance.

— Arsène!

A voz de Félis conseguiu sobrepor-se ao caos e ele espiou para o lado. A moça estava na outra margem, perto da casa das máquinas que acionavam a eclusa, acenando para ele. Precisou rodopiar para escapar de outro golpe bruto de Antoine, mas, ao olhar por cima da muralha de ferro, viu a estreita passarela sobre as duas partes da estrutura. Elas formavam uma parede em "V" e sustentavam a água do canal. Um filete branco e poderoso jorrava de uma fenda entre eles. Poderia atravessá-la com facilidade.

Decidido, jogou o guidão na direção de Antoine e correu para a passarela. Os marinheiros fizeram um silêncio estupefato ao ver a direção que o fugitivo tomava, depois recomeçaram a gritar, agora assustados com o desenrolar da fuga.

Quase ao mesmo tempo, Antoine partiu atrás de Lupin com um rugido furioso.

11 - A ECLUSA DOS MORTOS

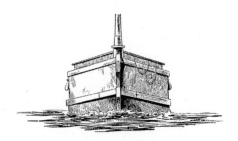

Ao pisar na estreita passarela sobre o portão, Lupin sentiu a enorme vibração do canal de Saint-Martin sob seus pés. A estrutura do começo do século era composta pelas duas partes de um portão de ferro, de mais ou menos cinco metros de altura, que servia de barreira para as águas do canal. A abertura e o fechamento dos portões, controlados a partir de casas de máquinas, criava uma bacia reservada que podia encher ou esvaziar, permitindo que os barcos de mercadoria vencessem o desnível entre o rio Sena e a região de La Villete, mais acima, fazendo do canal uma importante via de navegação urbana da capital francesa. Havia nove estruturas como essa ao longo do Saint-Martin.

Ali onde estavam, a eclusa formava um reservatório de nome tétrico: a Bacia dos Mortos.

Do outro lado do Canal de Saint-Martin, fica o bairro do Combate, onde, até 1760, erguia-se o *Gibet de Montfaucon,* a terrível estrutura da forca parisiense usada para a execução pública de criminosos de todas as estirpes. Próxima dela, a Praça do Combate, onde se realizavam lutas entre as mais variadas espécies de animais: cães, ursos, burros, touros... a sociedade inteira da Paris acorria para ver as horríveis rinhas. E tempo houve, também, em que a região recebia todo o lixo da capital, os cadáveres dos animais de tração que moviam o trânsito da cidade e todo o tipo de dejeto.

Esse conjunto de terrores contribuíra para o batismo funesto daquele ponto do canal.

Em 1888, o bairro estava transformado. Havia negócios, casas e iluminação pública que afastava as sombras daquelas memórias desagradáveis. Um grande mercado erguia-se, animado, no lugar onde um dia só reinara a morte, e o parque do *Buttes Chaumont*, mais acima, era uma coroa verde, recortado por caminhos bucólicos.

Mas quando uma chuvarada como a daquela tarde irrompia pelos esgotos da cidade, carregando consigo tudo o que estava na superfície moderna, a memória dos antigos dias selvagens emergia de suas entranhas em ondas de odor. A Bacia dos Mortos evocava suas origens, entrando pelas narinas e instalando-se como um murro bem no meio do peito. Cada trovão do céu ressoava nas paredes de pedra, limo e lama, como o eco dos rugidos das feras e o último gemido dos supliciados. As águas turvas do rio amuralhado recebiam o que o esgoto público despejava: uma profundidade sombria e esquecida, oculta pela moderna capital.

Isso estava à direita da passagem. Do outro lado, no fluxo do canal represado, a imensa proa da barcaça de carga cada vez mais próxima.

Lupin avançou pela passarela, segurando-se na balaustrada de ferro, sem ousar espiar outra vez para os lados. Fixou seus olhos na figura encharcada de Félis, parada ao lado da porta da casa das máquinas ainda com a mão erguida. Mal sentiu a vibração dos passos de Antoine quando este entrou na passarela, atrás dele. As passadas de Arsène eram cambaleantes por conta do tremor provocado pela força da água espirrada pela fresta entre os portões. Quanto mais ele se aproximava da fenda, maior era o tremor do chão. Oscilando, chegou ao ponto em que as estruturas quase se tocavam. Com um passo mais largo, atravessou para o outro lado da comporta, mas, no meio do movimento, algo o puxou para trás e ele quase caiu. Olhou sobre o ombro: a alça da bolsa de couro prendera em um gancho da estrutura. Para soltá-la, precisava voltar, e Antoine já estava ali, segurando-se na amurada com uma expressão desvairada. Uma das mãos empunhava a adaga contra a proteção da passagem, e seus dedos não conseguiam envolver o cabo e o corrimão. O jovem ergueu a arma e desferiu um golpe, cortando a alça de couro. A bolsa escorregou dos ombros de Arsène e oscilou no gancho, ameaçando mergulhar no jato de água a seus pés.

O loiro desesperou-se: largou a adaga, largou a segurança do ferro, pisou com um pé em cada lado da comporta, tudo ao mesmo tempo, e inclinou-se sobre o ângulo da amurada, agarrando a bolsa que guardava os documentos. Seu corpo ficou equilibrado na ponta do "V", sem nenhuma segurança, debruçado para a frente. Arsène voltou os olhos por um momento para Félis, esperando que ela fizesse um gesto de auxílio, mas tudo o que ela fez foi baixar a mão, como quem dá uma ordem.

Um estremecimento ainda maior percorreu a estrutura. Com um tranco, janelas na parede de ferro se abriram, deixando passar mais água; em seguida, um dos lados da parede de ferro começou a se mover, separando-se no ponto em que Antoine estava apoiado. Ele caiu para a frente, no buraco que se abriu, com um berro horrendo, mas conseguiu segurar-se com uma das mãos no cano inferior da balaustrada que se afastava de Arsène. Com a outra, agarrava a alça de couro. Seus pés sacudiam-se sobre a goela aberta da Bacia dos Mortos. Os homens da barcaça gritavam e vários conseguiram alcançar a terra, correndo alucinados com cabos que eram usados para atracar a nau, tentando parar o movimento da embarcação arrastada pelas águas. Outros voaram para a casa das máquinas, ao lado da qual Félis permanecia impassível, olhando para o drama sobre a comporta sem um gesto de emoção.

Numa fração de segundo, Lupin teve de escolher entre ficar onde estava, ou saltar para o outro lado e tentar ajudar Antoine. Incapaz de apenas assistir, usou suas últimas energias e jogou-se sobre o jorro tremendo que escorria entre as portas que se abriam. Por pouco não alcançou o outro lado, mas se recuperou e atirou-se junto ao cano onde Antoine mantinha-se preso à vida. O ferro onde ele se segurava estava molhado e liso. Era inevitável: ele ia cair.

— Aqui! Me dê a mão! — gritou Arsène, agarrando seu braço, tentando içá-lo pelo casaco. Foi inútil. — Largue a maldita bolsa e me dê a mão! Agora!

— Não! Nunca! Nunca! — respondeu o loiro, tentando desesperadamente encontrar um ponto de apoio para os pés que eram sacudidos com violência pela água que jorrava de um dos escoadouros.

E então aconteceu: seus dedos escorregaram, seu braço passou pelas mãos em garra do adolescente e Antoine foi tragado pela voragem horrível da água da eclusa.

Lupin ficou deitado no chão de ferro, olhando para o ponto onde seu inimigo havia desaparecido, tremendo de frio e pavor. Desviou os olhos por um momento, para a outra margem.

Leonard estava saindo da casa de máquinas, limpando as mãos em um pedaço de pano. Félis dedicou um último olhar gelado para o garoto e retorceu seus lindos lábios. Disse alguma coisa para o cocheiro sobre o ombro, depois se virou e caminhou na direção do cabriolé estacionado ali perto, seguida pelo homem, e desapareceu.

12 – A COROA DE FERRO

A porta da enfermaria se abriu, e um policial acompanhou Arsène até a mesa onde uma freira de meia-idade anotava algo em uma ficha. O adolescente tremia de frio e exaustão, encharcado dos pés à cabeça, envolvido em um cobertor que um dos homens da barcaça alcançara a ele. Os últimos minutos tinham lhe cobrado o que restava de energia e ele mal conseguia afastar da memória o pavor dos acontecimentos.

Enquanto ainda estava deitado na passagem de ferro, vendo o jorro carregar Antoine canal abaixo, um dos marinheiros que era prático do maquinário das eclusas tinha saltado para terra e fechado os escoadouros, o que freou o movimento dos portões. Como o mecanismo estava abrindo contra a correnteza, bastou uma modificação na pressão das engrenagens que moviam os gigantes de ferro para que a força da natureza fizesse o resto, empurrando as portas de modo a interromper o jorro.

A preocupação maior dos homens era impedir que a embarcação, levada pela inércia, batesse contra os portões, o que poderia causar um desastre e empurrar Lupin para um fim ainda mais terrível do que o de seu adversário. Contudo, a tripulação conseguiu deter a nau com os cabos de atraque, e um dos marinheiros mais ágeis foi até a ponta do portão para resgatar Arsène. O garoto já estava se levantando, trêmulo. Depois que a estrutura parou de se mover, ele conseguiu arrastar-se para longe do principal ponto de perigo.

Tudo aquilo tinha acontecido de forma imediata e simultânea, por isso, quando os policiais apareceram, a situação já estava sob controle.

Um dos oficiais foi designado para escoltar Arsène até a estação, a fim de que o examinassem e lhe dessem algo quente para comer. O garoto não estava muito disposto a cooperar, mas acabou concordando quando um dos homens disse que o "outro rapaz ferido" já estava lá. Ele imaginou que o sujeito estivesse falando de Pierre, então se deixou levar.

A enfermaria da estação era pequena e mal-iluminada, destinada a atender as emergências dos trabalhadores. Havia duas camas hospitalares velhas e biombos de tecido grosso e amarelado dividindo o espaço e protegendo a intimidade do ocupante de uma delas.

— Tem mais este, enfermeira — anunciou o oficial ao entrar. A mulher levantou as sobrancelhas e acertou uns diminutos óculos de aro de metal barato, indicando uma cadeira para o adolescente. Arsène arrastou-se até ali e respondeu ao questionário básico, no qual a metade das informações, como de costume, não correspondiam à realidade. Por fim, ela o examinou, e como não encontrasse nenhum ferimento expressivo, receitou café quente, banho e cama. Em seguida, retirou-se, para providenciar a xícara indicada antes de despachá-lo para casa.

Um pouco recuperado, Arsène aproveitou para espiar além do biombo. De fato, lá estava Pierre, deitado, com a perna ferida enfaixada e presa a uma tala. Num gesto, Lupin levantou-se, afastou a divisória e entrou no diminuto espaço.

Uma mulher à cabeceira do paciente pôs-se de pé.

Não era muito alta. Tinha a pele cor de cobre, olhos grandes e amendoados, escuros como a noite. Seu cabelo era negro, liso, e estava preso em um coque simples. Vestia-se com gosto e elegância, exibindo um pequeno chapéu de plumas negras e uma rede, também negra.

— Desculpe — ele recuou, surpreso. Pierre moveu-se no catre e espiou-o.

— Arsène! Achei que era a sua voz. Você está bem? — indagou o jovem, fazendo um esforço para levantar-se. A moça voltou-se para ele e amparou-o, protestando de maneira carinhosa.

— Você deve ficar quieto até que o levem ao hospital — ela disse com uma voz de veludo.

— Ah, querida, está tudo bem. Prometo não mexer a perna — comentou Pierre, beijando os dedos da moça. Olhou para Arsène e sorriu, um pouco sem jeito.

— Ahm... esta é Lihuen. Você deve tê-la visto no funeral, junto com seu pai, Lacar.

— Muito prazer — cumprimentou o adolescente com uma mesura educada. Depois, voltou a fitá-la com curiosidade. — A senhora... vocês... enfim, estou perdido — confessou. Pierre sorriu. A proximidade da moça dava-lhe paz e forças.

— Sente-se, meu caro — ele convidou. — Saiba que Lihuen foi uma das razões pelas quais me envolvi nessa história. Ela e Lacar são representantes dos verdadeiros senhores de Araucânia: os mapuches. Nós nos conhecemos quando meu pai recebeu a parte do espólio que tínhamos exposto na loja, e nos apaixonamos de imediato. Estamos noivos. Vamos nos casar em breve.

A moça voltou a sentar-se, observando Lupin com atenção.

— Eram eles na loja, ontem à noite, quando fui vê-lo, então? — perguntou o garoto. Lihuen sorriu e foi como se a sala se enchesse de sol.

— Sim — ela comentou. Seu sotaque era diferente de tudo o que ele já tinha ouvido. — Fomos oferecer nossa solidariedade pela morte de Gregory. Saímos de lá com uma proposta inesperada.

— Eu me ofereci para representá-los no leilão — esclareceu Pierre.

— Eles iam financiar o lance que você deu? — surpreendeu-se Lupin.

— Certo — concordou o rapaz. — A princípio, eu iria representar

Antoine. Ele me procurou no enterro e me convidou para o encontro da tarde que terminou em uma proposta sinistra: ele me diria o nome do assassino de meu pai depois do leilão, se eu concordasse em representá-lo no evento, para o caso de algum lance estar além da carta de crédito exigida pela casa Druot, por conta de problemas de solvência que ele tivera com eles antes. O valor limite deste documento era de dez mil francos.

— E o assassino do seu pai era ele mesmo. Você devia ter contado para a polícia — comentou Lupin.

Pierre suspirou, concordando.

— Sim. Mas eu estava zangado e não via avanços nas investigações oficiais. Os agentes me rondavam como se eu estivesse envolvido no crime. Não pensava direito.

Depois de um momento, ele continuou:

— Antoine queria arrematar os cofres do lote 19. Se o valor do lance fosse maior do que dez mil francos, precisaria de outra pessoa para substituí-lo no salão. Afirmou que poderia cobrir qualquer lance, fosse qual fosse o valor proposto. Como prova do que dizia, e como forma de adiantamento, me entregou dois diamantes do tamanho de um botão, duas peças de lapidação de meia-rosa holandesa envoltas em um pedaço de seda rosa. Suponho que saiba do que estou falando. Mas lhe garanto, meu caro, eu não tinha ideia da procedência das pedras. Se eu tivesse adivinhado que eras suas, o que colocava Antoine na cena de morte de meu pai, jamais teria aceitado.

Abaixou os olhos envergonhado diante do olhar que Lupin lhe fez.

— Concordei porque a ideia de saber quem era o assassino de meu pai me consumia — murmurou Pierre. — Porém quando Lihuen e Lacar foram me ver à noite, revelaram o seu interesse em adquirir o mesmo lote. Eu me ofereci para representá-los e eles me fizeram decorar a combinação para abrir as caixas.

— Desse modo, você representaria duas das partes interessadas nos cofres — concluiu o adolescente. — Isso não tinha como dar certo.

— Eu sei. Mas só me dei conta do tamanho do problema tarde demais, quando confrontei Antoine depois do leilão. Meu interesse era devolver-lhe os diamantes, já que entregaria as chaves para Lacar. Então percebi que ele tinha aproveitado a atenção em torno da disputa pelo lote para roubar as caixas de ferro. Foi quando ele tentou pegar as chaves e... o resto você já sabe.

Olhou para Arsène de um jeito estranho, como se o estivesse vendo pela primeira vez.

— Aliás, era você no leilão? — desconfiou. — Por que estava disfarçado? Eu só o reconheci mais tarde, no galpão.

Antes que Lupin pensasse em uma resposta, a porta da enfermaria se abriu e a freira entrou com a xícara de café. Olhou desconfiada para seus pacientes.

— Então, vocês se conhecem — ela comentou. — Deixem só o inspetor Pasteur saber disso.

Lupin torceu o nariz.

— Eu não tenho a menor intenção de voltar a conversar com o inspetor *Como-o-Cientista* — resmungou, olhando para Pierre. — Não gostaria de tê-lo nos meus calcanhares perguntando quem sou eu.

— Então sugiro que tome o café e suma daqui. Ele vai subir a qualquer momento — respondeu a mulher e voltou a sair.

— Onde está Antoine? — perguntou Pierre, assim que ela se foi.

Lupin balançou a cabeça para afastar a lembrança do loiro sendo tragado pelas águas e tomou um gole do café amargo.

— É melhor não falar disso agora. Ele não voltará a perturbar ninguém com o seu pretenso direito ao reino sul-americano — respondeu o adolescente balançando a cabeça. Suas mãos tremeram quando fez a pergunta seguinte: — E os diamantes?

Pierre suspirou. Contou:

— Ele os tomou. Eu havia levado as pedras para devolvê-las, como disse. Queria me livrar o quanto antes de Antoine, e estava disposto a usar os brilhantes para exigir que me dissesse o nome do assassino. Quando ele me amarrou no galpão, me revistou, encontrou os diamantes e pegou-os, como um ladrão qualquer. Àquela altura eu já tinha compreendido tudo.

O jovem remexeu-se, aborrecido consigo mesmo.

— Foi isso. Minha única defesa é que eu não estava lá por Antoine, mas por Lihuen, seu pai e seu povo. E por meu pai. Contudo, me atrasei e quase perdi a venda do lote. E não esperava encontrar uma compradora tão interessada quanto a senhorita Félis. Quem é ela, afinal de contas? Com certeza estava representando outra pessoa, que não queria se expor.

— Então havia três grupos interessados no conteúdo dos cofres: o povo de Lacar, Antoine e mais alguém, que contratou Félis. Quem será essa pessoa? Ouvi Antoine comentar que o próprio tio contratou Félis. Mas quem será ele? — comentou Lupin, sentindo-se desapontado. Imaginou seus diamantes mergulhados na lama do canal de Saint-Martin e o amado pano rosa arrastado para o Sena.

— Senhor — interrompeu Lihuen com doçura. — O senhor conseguiu abrir o cofre? Está com os documentos que dão direito à coroa de Araucânia?

Arsène levantou os olhos para ela, em dúvida por um momento. Lihuen seria mais uma das feras ambiciosas dispostas a tudo para reclamar o território? *"Pessoas mataram e morreram por isso"*, dizia a carta de seu pai, e a realidade acabara de provar que ele falava a verdade. Porém, sendo ela uma das representantes do povo que habitava o território em questão, não teria o direito de exigir os documentos? *"Todo ser humano tem o direito de ter o seu próprio país. A nenhum deve ser negado isso"*, lembrou.

— Sinto muito, senhora — disse, sentindo o rosto arder. — Eu os perdi. Caíram na Eclusa dos Mortos, no canal de Saint-Martin, junto com Antoine. Já devem ter se transformado em uma pasta sem o menor valor. Lamento muitíssimo, eu...

Ele calou-se, admirado.

A mulher erguera-se com o rosto exuberante de alegria. Um sorriso cheio de luz e alívio iluminava sua expressão, e ela levantou os olhos e as mãos para o céu, entoando um canto que nenhum dos dois compreendeu. Então, ela abraçou Arsène.

— Obrigada! Que os deuses o honrem por toda a sua vida!

— O quê...? — Ele se perdeu.

— Enquanto aqueles documentos existissem, sempre haveria alguém que se apresentaria como herdeiro de Araucânia — ela explicou. — Alguém que afirmaria ter direitos sobre meu povo e o nosso território. Alguém que evocaria reis que já morreram, generais que lavaram as mãos em sangue, e ambiciosos que não querem nos dar um país, mas tomar o que nos pertence desde sempre: nossas terras. Pessoas que não são mapuches, mas que se tornariam seus algozes. Não queremos um rei. Nosso soberano sempre foi nossa liberdade. Só ela nos permitirá sermos quem somos e lutarmos pelo que é nosso. Eu estou em eterna dívida com você. Muito obrigada!

A moça voltou-se para uma bolsa que tinha deixado sobre a mesinha de cabeceira do paciente e de lá tirou um objeto circular.

— Meu pai me entregou isso hoje pela manhã. Deveria tentar negociar com Antoine, caso ele tivesse conseguido os papéis, deveria convencê-lo de que a coroa valia mais do que os documentos. Mas agora, tudo acabou. Tome. Eu não tenho como lhe devolver seus diamantes, caro amigo. Mas lhe dou a coroa de ferro. Ela representa nossa terra, e nossa terra é sagrada para nós. É tudo o que posso oferecer.

Lupin olhou o objeto que tinha em mãos. Era o conhecido aro de ferro engastado com prata, pesado e frio, ainda mais pesado por conta dos seixos polidos que o ornamentavam. A coroa de Araucânia. Tinha recortes afiados e, depois de tudo, parecia ainda mais uma arma do que o símbolo de um reino. Meio sem jeito, ele sorriu e murmurou:

— Obrigado, senhora. Eu saberei honrá-la.

A porta da enfermaria abriu de supetão. Lupin espiou por uma fresta entre os biombos e viu o inspetor Pasteur, acompanhado da enfermeira, irromper na sala. Rápido, com o coração disparado, escorregou para a cabeceira de Pierre e esgueirou-se para o outro lado do biombo, um instante antes que o homem entrasse no espaço reservado.

— Bem, bem, bem, senhor Durant. Acho que precisamos ter uma outra conversa, não? — impôs-se o homem.

Lihuen imediatamente se adiantou, encarando o policial.

— Meu noivo precisa de cuidados médicos, não de um inquérito policial. Quando o levarão a um hospital? — contestou.

— E a senhora, quem é? — surpreendeu-se o inspetor, dando início a uma discussão sobre identidades, atendimento e circunstâncias adequadas que deu a Arsène a oportunidade de escapulir pelas costas da enfermeira e chegar à porta sem que ninguém o visse. Por fim, o inspetor percebeu que estava pisando em um cobertor molhado. Abaixou-se e levantou-o, entendendo que ali faltava mais alguém.

— Não era para o fedelho estar aqui? — perguntou inquieto.

— Fedelho?! Como ousa? O jovem que salvou a vida de meu noivo! — alterou-se a bela mapuche.

A discussão foi longe. Quando ela terminou, Lupin já estava a caminho de casa.

13 – PARIS VISTA DO ALTO

Arsène pedalava sua bicicleta no trânsito da margem esquerda do Sena, rumo ao canteiro de obras da exposição universal, no Campo de Marte. Era a primeira segunda-feira de outubro. As férias de verão estavam terminando. Aliás, as aulas tinham começado naquela mesma manhã, mas, seguindo um velho hábito dos parisienses, para quem a segunda-feira era um dia para se recuperar do domingo, ele não fora ao liceu.

Aquele final de semana fora de despedidas: no último mês, Pierre tinha liquidado seus assuntos em Paris, fechado a loja e embarcado no sábado, com destino à Argentina, com Lihuen e Lacar. Os poucos detalhes que ficaram para trás seriam resolvidos por seu procurador.

A partida dele obrigara Lupin a procurar outra casa de penhores para negociar outro par de diamantes. Uma carta de apresentação de Pierre servira de passaporte para que ele não tivesse que dar muitas explicações sobre a procedência das pedras, mas ele teve de encarar a verdade: estava crescendo e o discurso infantil e ingênuo – que costumava empregar com sucesso – agora era visto com desconfiança. Porém, pelo menos para aquele ano, o valor da escola ficou assegurado em outra casa de penhores, o que era sempre a sua principal preocupação.

Além do mais, naquela segunda-feira havia aquela *outra* coisa.

Ele estava indo a um encontro – o que fazia seu coração disparar de vez em quando. O bilhete que recebeu das mãos de Durant na espedida de ambos, já no cais, estava no bolso interno do seu casaco, junto ao peito, e às vezes dava a impressão de ser quente como o verão. Em outras, parecia frio como um túmulo. Era uma sensação inquietante.

Ao chegar ao canteiro de obras para a próxima Exposição Universal ele parou, observando o descampado.

Já era comum o Campo de Marte receber o evento. Aquela era uma oportunidade de mostrar ao grande público as novidades da época, e a feira costumava atrair um enorme número de visitantes. Inovações tecnológicas, exposições de artes e uma gama inumerável de atrações enchiam tudo de vida e cor.

Embora a exposição estivesse programada para acontecer apenas no ano seguinte, já havia estruturas de pavilhões meio prontas. Passeios e canteiros estavam sendo finalizados. Algumas coisas estavam em processo de instalação, havia o tráfego de trabalhadores, martelos ressoavam, serras, o cheiro de cola de madeira e tinta misturavam-se ao do Sena.

Arsène deixou sua bicicleta junto com outras, ao lado de um galpão de serviço; depois, ao passar por um conjunto de vidros ainda não colocados, avaliou o seu reflexo, deslizando as mãos no cabelo cheio de vaselina, para que ficasse ordenado. Achou que estava elegante, mas, logo em seguida, diante de uma chapa de aço polida como um espelho, achou que não estava tão bem. Tentou refazer o penteado, mas o resultado foi terrível, então passou os dedos nos cabelos fartos, deixando-os mais ou menos ajeitados. O bilhete pesava no bolso.

Dizia:

"*Tenho alguns quilates que certamente lhe interessam, e gostaria de trocá-los pela coroa de ferro que sei que está em seu poder. Vamos nos encontrar no segundo nível da obra de Eiffel, às 17:30h desta segunda-feira. É desnecessário dizer: se não estiver sozinho, não poderemos nos ver. Se alguém perguntar o que está fazendo lá, diga que é amigo da sobrinha do construtor.*"

Sabia cada palavra de memória, como uma lição bem estudada. Desde que o recebera, já o lera várias vezes.

Como a mensagem tinha ido parar nas mãos de Pierre?

O caso é que Félis tinha aparecido na loja de penhores na sexta-feira, pouco antes das portas fecharem em definitivo, disposta a negociar a coroa de Araucânia com o jovem. Se ficara decepcionada ou não com o fato de a peça não estar nas mãos dele, ninguém poderia dizer, mas ela pediu um cartão e uma pena e deixou o recado para Lupin, pedindo a Pierre que encontrasse uma maneira de entregá-lo ao adolescente o mais breve possível.

Arsène tinha certeza de que a moça estava furiosa com a situação, o que o deixava divertido e apreensivo em partes iguais. Talvez um pouco mais divertido, enfim. Ele não era imune ao prazer de possuir algo que Félis desejava.

E, bem, ali estava ele. Era segunda-feira, e eram quase cinco e dez. Os trabalhadores estavam começando a encerrar suas atividades. Ele parou ao pé da invenção de Eiffel, no extremo do parque.

Apesar de ainda estar em construção, o ajardinamento da área ao redor estava em pleno andamento. Havia jovens árvores plantadas na esplanada diante da estrutura, preparando o terreno para a inauguração, na esperança de dar um toque poético à coisa de ferro. A construção era enorme e estranha, um emaranhado gigantesco que zombava da pequenez dos homens que a erguiam.

De longe, via-se as quatro pernas ligadas pelos arcos colossais, tão grandes que através deles era possível admirar o Palácio do Trocadero, do outro lado do rio. À distância, tudo se assemelhava a um amontoado de gravetos, até que o visitante se dava conta de que os "gravetos" eram enormes vigas de ferro, andaimes de madeira, tabuleiros, cabos e maquinário. Não dava para imaginar o seu tamanho: era preciso estar a seus pés para compreender o que significava ser pequeno. Os intelectuais de Paris odiavam-na.

Era outubro de 1888, e a construção chegara ao segundo nível. Lá no alto, estacas e guindastes espetavam o céu azul de Paris. Tinha pouco mais de cem metros de altura e aquela era apenas a metade do tamanho previsto: quando estivesse pronta, mediria 300 metros. Lupin não tinha certeza se gostava dela. Ainda não.

Com um suspiro resignado, o adolescente tratou de localizar uma das escadas e pôs-se a subir uma longa sequência de lances em zigue-zague. Não queria se aventurar pelos elevadores e correr o risco de ser questionado por algum dos trabalhadores. Pelas escadas, os homens que encontrou estavam concentrados em suas tarefas e não lhe deram atenção.

A subida era angustiante. A torre pressionava com seu tamanho e sombras. Era como estar nas entranhas de um monstro feito de ferro e ar que, a cada lance, empurrava o horizonte para mais longe. Arsène logo ficou com calor e tirou o casaco, apesar da brisa que vinha do rio. A certa altura, parou entre um degrau e outro e rendeu-se: a vista era maravilhosa.

De repente, sem aviso, os degraus terminaram. O corrimão onde se apoiava acabou e ele viu-se em um amplo patamar, com o chão e a sacada protetora feitos de ferro. Era o primeiro nível da construção, a quase sessenta metros de altura.

Arsène olhou para cima, na direção do próximo piso, e para a subida sombria dos próximos sessenta metros que o aguardavam. A escada seguinte era uma espiral íngreme que parecia não ter fim. Quando acabou, foi de súbito, como no nível anterior, mas, dessa vez, a impressão foi ainda mais vertiginosa: ele emergiu em uma plataforma ainda em construção, sem as colunas laterais nem as sacadas do nível inferior. O chão não estava finalizado, e havia trechos em que a passagem não era mais do que tábuas apoiadas em vigas de madeira. As máquinas dos guindastes pareciam insetos gigantescos adormecidos, e o vento que assoviava nos cabos de aço e nas cordas, a mais de cem metros do chão, causou-lhe um arrepio. Pássaros revoavam para além da construção, donos, ainda, do espaço aberto.

Ao redor, mergulhando nas sombras do crepúsculo, Paris. Acima, o céu ainda iluminado.

Era deslumbrante.

Havia alguns trabalhadores por lá. Um deles aproximou-se de Lupin com o cenho carregado.

— O que está fazendo aqui? — o sujeito perguntou de maus modos. Arsène ensaiou a mentira que tinha preparado, mas outro homem o interrompeu.

— É você o amigo da sobrinha do senhor Eiffel?

Lupin voltou-se. Era Leonard, o cocheiro de Félis.

— É, é você de fato — continuou o homem, piscando os olhos pequenos e aproximando-se. Depois, abaixou-se na sua direção e rosnou: — Não gosto disso, mas ela insiste no encontro. Então, cuidado para não tropeçar no céu e cair. O chão é longe, sabe?

Arsène franziu a testa. Lembrou do sujeito saindo da casa de máquinas da Eclusa dos Mortos e sentiu o coração bater na garganta.

— Foi você, não foi? — disparou o adolescente. — Você acionou as comportas do canal e fez Antoine perder o equilíbrio. Você o matou. A polícia sabe disso?

Leonard sorriu sem humor algum.

— O senhorzinho é esperto — comentou —, mas ainda tem muito o que aprender.

Ele voltou-se para os demais trabalhadores, que tinham se aproximado e os observavam muito surpresos, e comandou, ignorando Arsène:

— Vamos indo. É o caso de que lhes falei. Todo mundo para baixo.

Um dos operários não pareceu muito convencido.

— Não vamos descer e deixar esse rapaz perambulando sozinho — reclamou. — Tem muita coisa solta aqui em cima. Ele pode sofrer um acidente.

— A senhorita vai pagar um luís[2], cada um, para deixá-los em paz aqui em cima. Vamos descer agora.

Leonard dedicou um sorriso mau para Arsène e depois se afastou com os demais.

— Se não fosse a minha senhora, garoto — ameaçou —, você já estaria voando com os pássaros.

Ainda desconfiados, os homens largaram as ferramentas e retiraram-se. Sozinho na plataforma, Lupin sentiu uma sensação angustiante de solidão. Levou alguns minutos para que seu coração voltasse a bater com calma.

Depois, para se tranquilizar um pouco, explorou o espaço, evitando as áreas que pareciam mais precárias, desafiando a si mesmo ao se aproximar dos pontos sem grade de proteção. Quase saltou quando os motores do elevador, localizados em um galpão à sua direita, puseram-se a funcionar de repente. Ele se voltou para onde a cabine chegaria, ansioso.

A estrutura encaixou-se no espaço e a porta se abriu, revelando uma estudante. Vestia um uniforme cinza, simples, sem enfeite algum, e um véu sobre os cabelos dourados.

Ela levantou os olhos e fitou-o. Deu um passo à frente.

Naquele momento, Lupin esqueceu de tudo. Esqueceu de onde estava, da ameaça de Leonard, esqueceu quem era, e quem era ela. Só sabia que havia um rugido em seus ouvidos, um som que nenhum vendaval poderia rivalizar. Seu coração debatia-se dolorido no peito, e o sangue que circulava em suas veias era quente e frio ao mesmo tempo. Ele engoliu em seco. Sentia-se um menino pequeno de novo, mas queria ser um homem.

Avançou um passo, tropeçou em uma tábua, quase caiu; pálido, pensou na altura da plataforma e no ridículo que fazia. Eram ambos do mesmo tamanho.

---

2   Moeda de ouro no valor de 20 francos.

A estudante sorriu. Tudo o que havia para se encaixar no mundo encaixou-se. Tudo o que estava ordenado virou um autêntico caos. Ele se perguntou se sabia o que estava fazendo e a resposta de seu coração foi um "não" cheio de fogos de artifício.

— Então, você veio — ela disse, com um suspiro aveludado.

Arsène não respondeu. Tratou de vestir o casaco que tinha nos braços e passou as mãos pelos cabelos, tentando penteá-los. Inútil: o vento e a vaselina levantaram um topete rebelde, mas ela não pareceu se importar com nada disso. Aguardou com aquele sorriso de virgem santa, bela como algum quadro de Bernardini Luini. Estendeu a mão, que ele tomou com os dedos trêmulos e sobre a qual descansou os lábios quentes, num beijo.

— Félis! — ele murmurou.

— Espero que tenha se recuperado daquele momento terrível lá no canal.

Antes que ele se movesse de novo, a lembrança dela parada sob a chuva, abaixando a mão com firmeza, toldou sua emoção. Compreendeu o significado do gesto: era a ordem para que Leonard acionasse a eclusa. Quem decidira o destino de Antoine não fora Leonard, fora Félis, e ninguém mais! Não tinha como o cocheiro saber o que estava acontecendo no meio do canal. De onde estava, ele não podia ver além das paredes da casa de máquinas. O homem tinha apenas obedecido ao comando dela. Arsène levantou os olhos, procurando a frieza naquele rosto lindo. Achou que não podia ser.

Mas sabia que era. A lógica dos fatos era implacável.

— E eu espero que a senhorita não tenha se resfriado — balbuciou.

Ela riu, divertida, e o sol voltou a brilhar na alma dele. Mas não com a mesma força.

— Espero que o senhor não esteja aqui apenas para me ver — ela comentou, puxando os dedos e caminhando pelos tablados. Parou a certa distância do final da plataforma e observou a paisagem. Ele suspirou.

— Não, senhorita. O seu recado falava a respeito de quilates... — ele sentiu o coração apequenar-se no peito.

— De fato.

Ela voltou-se e o estudou com atenção fria.

— Antes de prosseguirmos, poderia me responder a uma pergunta? — ela indagou.

— Se eu conhecer a resposta...

— Como sabia qual cofre abrir? Como conhecia a combinação?

Ela inclinou-se para a frente, ávida. Lupin sorriu, satisfeito em poder ter toda a sua atenção.

— Pode parecer incrível, senhorita, mas meu pai me enviou uma carta pouco antes de morrer. A carta foi enviada em abril, mas o destino quis que viesse às minhas mãos no dia em que Gregory Durant foi assassinado. Como pode imaginar, eu a li tantas vezes que terminei memorizando seu conteúdo.

"Meu pai sabia sobre os cofres e me enviou as senhas para que pudesse identificar a caixa correta. Na folha de sua carta, desenhou o número 1 no canto superior esquerdo, o número 4 na margem direita, o 7 na margem esquerda, embaixo. Também me enviou a combinação. E, para finalizar, após me chamar a atenção para os números contidos na mensagem, datou-a com o ano de 1889. Estamos em 1888, como sabe. Ele errou a data de propósito: o 9 figurava no centro da última linha, seguido de uma indicação para qual lado empurrar a peça.

"Quando fiz o rascunho das portas no chão do galpão, compreendi tudo. Assim, a primeira linha de quadrinhos eram o 1 e o 2, da esquerda para a direita, com um rebite no centro. A seguir o 3, no meio da segunda linha, entre dois rebites. Para que o 4 estivesse à direita, era obrigatório que a ordem do 4 e do 5 fosse invertida: não da esquerda para direita, como se lê, mas ao contrário. Quando olhei para as portas de ferro, percebi que apenas uma delas oferecia um nono quadrado sem rebite. Aí tudo ficou claro. Depois, foi necessário apenas movimentar as peças, como um jogo."

Félis observava-o com uma expressão admirada.

— Mesmo assim, foi uma demonstração de coragem. Impressionante mesmo — ela disse. O coração de Lupin voltou a bater com força. Era difícil escapar ao seu fascínio. — Como o seu pai tinha conhecimento de tudo isso?

Arsène baixou os olhos, constrangido. Não gostaria de admitir que seu pai era um ladrão.

— Essa resposta, senhorita, eu não posso lhe dar — disse. Levantou os olhos para ela: — Eu também gostaria de saber de algo. Como conhecia Antoine?

Félis deu de ombros.

— Fomos apresentados no dia em que fui ver o meu... empregador. O homem desejava os documentos diplomáticos sobre Araucânia tanto quanto Antoine. Não foi um encontro agradável... os dois estavam discutindo furiosamente, ambos desejando a mesma coisa. Você pode imaginar como foi. Conheceu Antoine.

Os dois encararam-se, firmes. Félis mergulhou a mão em um dos bolsos do uniforme e tirou de lá um embrulho rosado. O pano estava sujo, mas era inconfundível. Ela o colocou na palma da mão e abriu as pontas, revelando os dois diamantes, refletindo a luz da tarde com sua beleza fria.

— Meu empregador financiou minha participação no leilão, mas o lance de Pierre ficou além do crédito que eu tinha disponível. Contudo, depois da aventura no canal, meu empregador soube que a coroa de Araucânia continuava em Paris e decidiu financiar o encontro de hoje: quando eu lhe entregar a coroa, ele me passará o valor destas pedras. São os diamantes que Antoine roubou de Gregory Durant. Os informantes do meu empregador acreditavam que a coroa estava com Pierre, mas quando eu o procurei, Durant me disse que ela estava com você — ela comentou.

— Mas... como você pode estar com os diamantes? Eles estavam com Antoine — perdeu-se Lupin. Ela sorriu e deu de ombros.

— No galpão, quando você ameaçou atacá-lo e ele me usou como escudo, aproveitei para tirar o embrulho do bolso dele. Eu esperava encontrar uma arma, mas não foi assim. Ele não teve oportunidade de perceber a falta. Então, o que acha? Os diamantes pela coroa de ferro. Essa é a proposta que tenho para você hoje.

Lupin observou as pedras e, depois, estudou o rosto dela.

— O seu empregador... quem é ele? É o tio de Antoine? Tem direito ao espólio da viúva? — quis saber.

Ela torceu o nariz e fez um gesto.

— É claro que não tem direito. Era cunhado dela. Mas isso não faz diferença para essa gente.

— Mas ele sabe que a coroa, sem os documentos, não significa nada? — insistiu Arsène. Tinha receio de que o tremor de suas mãos entregasse tudo. A moça deu de ombros.

— Para ele, a coroa tem um valor ainda maior do que os diamantes ou os papéis. Quem sou eu para discutir? Estou apenas fazendo o meu trabalho. Ademais, preciso voltar para a escola. A madre superiora não gosta de atrasos. Vamos, não seja tolo. Serei paga ao entregar a coroa, e você ficará com essas duas belezas. É uma recompensa e tanto, não acha?

Lupin conseguiu sorrir. Tirou do bolso interno um envelope fechado e esticou-o para ela.

— Aqui está a localização e o passe para a coroa — afirmou. — Ela era um pouco desconfortável para carregar por aí, então a coloquei em segurança.

Félis franziu as lindas sobrancelhas, encarando-o com atenção. Mas ele era tão jovem, parecia tão ingênuo e sincero... ou, talvez, nesse momento ela tenha subestimado seu próprio coração, quem sabe? Rápida, pegou e envelope e colocou os diamantes envolvidos com o lenço na mão estendida do adolescente. Lupin sentiu um estremecimento e enfiou o embrulho no bolso. Recuou um passo e outro mais.

103

— E agora? — ele perguntou, sentindo a boca seca e o coração disparado.

Ela o fitou triunfante e disse:

— Agora, meu caro, é adeus. Se quiser o melhor para si, adeus para sempre. Que nossos caminhos não voltem a se cruzar jamais. Seja feliz.

Félis voltou-se para o elevador e andou com passos leves até a porta do aparelho. Lupin mal podia acreditar que ela estava indo embora assim, sem nada mais.

Então, a moça parou e resolveu conferir o conteúdo do envelope.

Arsène mordeu os lábios e seus olhos relampejaram em busca da escada ou de qualquer outra saída possível. Não havia. Félis estava entre ele, e o elevador e a escada.

— Mas... que diabos é isso?

Ela virou-se e encarou-o, sacudindo os dois pedaços de papel diante de si.

— A localização e o passe para... — ele começou, mas ela avançou, furiosa. Toda a beleza e doçura desapareceram de seu rosto. Os olhos pareciam duas navalhas afiadas.

— Um mapa do Louvre e uma entrada para o museu?! — ela gritou, interrompendo-o. — Que ideia é essa?

— E você quer um lugar melhor para guardar a coroa? Não viu os jornais hoje pela manhã? O anúncio? Posso relatar de memória: "O Museu do Louvre agradece a um doador identificado apenas por Arsène L." – ou seja, eu – "pela doação de uma peça de ferro e pedra bruta, conhecida como a Coroa da Casa Real do Reino de Araucânia e Patagônia, feita no sábado." E, a seguir, todo um histórico sangrento do território, cuja disputa ainda não terminou. Achei que você tivesse visto.

Ela abaixou-se, agarrou um martelo enorme e atirou-o na direção dele com precisão demoníaca. Lupin esgueirou-se no último momento e o objeto caiu pela borda, para além da plataforma. Dava para ouvi-lo repicando ao bater na estrutura mais abaixo. Quando se voltou, viu que Félis tinha em uma das mãos o temível alfinete de chapéu, com o qual quase o ferira na praça Montholon.

— Devolva os diamantes! — ela exigiu aos berros, avançando para ele.

— Uma ova! Esses diamantes são meus! Não vou lhe dar nada! — ele rebateu, indignado. Pensou no que poderia fazer para desarmá-la, mas Félis não lhe deu tempo. Agarrou outra ferramenta com a outra mão e jogou, certeira, nele. Arsène Raoul precisou se abaixar para não ser atingindo e deixar o objeto seguir o destino do martelo, mas perdeu o equilíbrio e só foi recuperá-lo dois passos além, sobre uma tábua estreita que ligava duas partes do assoalho improvisado, ao lado de um guindaste pequeno. Ele olhou para baixo.

Para além de uma rampa estreita que terminava em uma pequena plataforma junto a um pilar, oitenta metros de ar livre até o primeiro piso da torre. Era uma queda e tanto, para dizer o mínimo.

— Devolva os diamantes!

— Não seja dramática. Entrar no Louvre e pegar a coroa, para alguém como você, deve ser brincadeira de criança — ele zombou. Mas deixou de achar graça quando ela largou o alfinete e armou-se com um cano longo e fino, que empurrou na direção dele, como uma lança. Lupin desviou-se e quase caiu. Ela atacou de novo, e ele tentou segurar o tubo, mas não conseguiu e teve de recuar de qualquer jeito. A tábua, solta, remexeu-se na outra ponta. Estava a um triz de despencar.

— Os diamantes, seu cretino, e eu poupo a sua vida — ela vociferou.

Arsène sentiu o sangue ferver. Rosnou de volta:

— Poupar a minha vida? Acha que vou acreditar nisso? Você não passa de uma assassina, Félis. Matou Antoine quando percebeu que não conseguiria pegar os documentos e me matará para ter o que quer. Você não merece nem os diamantes, nem a coroa, nem coisa alguma!

No movimento seguinte dela, Lupin conseguiu agarrar o cano e puxá-lo para si. Com o impulso, Félis caiu de bruços e soltou o pedaço de ferro. Arsène ensaiou um avanço, mas a tábua onde estava escorregou e ele sentiu o chão desaparecer. Seus pés afundaram no vazio por um instante, ele bateu com o traseiro em uma estrutura inclinada. Escorregou sentado à cavaleiro na rampa com as pernas abertas, até bater de frente no pilar, onde se agarrou com força. Ficou um instante ali, respirando fundo, tentando se recuperar da dor do impacto em suas virilhas.

Passos acima dele obrigaram-no a prestar atenção em Félis. Uma tábua foi deslocada, abrindo uma brecha, e o vulto da moça desenhou-se contra o céu. Ela segurava outra ferramenta e localizou-o de imediato. Sem titubear, jogou o que tinha na mão e ele se abaixou para se safar. A coisa bateu com força nas suas costas.

A dor espalhou-se e Arsène grunhiu. Ele não podia ficar ali. Olhou em torno, buscando um caminho.

Do ponto onde estava, partia uma travessa horizontal de uns quarenta centímetros de largura, direto para dentro do labirinto geométrico que sustentava o tablado acima. Mais além, podia ver as escadas, e acreditou que seria possível alcançá-las através do emaranhado de vigas, cabos e sombras: o interior da estrutura era escuro, uma escuridão de ferro sobre a cidade que se iluminava muito abaixo de seus pés. Ele passou para a plataforma de madeira que contornava o ponto onde estava, saindo da linha de mira de Félis, equilibrando-se enquanto tentava ignorar a brisa que soprava do abismo. Lupin ergueu as mãos e usou a estrutura acima de sua cabeça para ter mais segurança, e avançou na direção das escadas.

Outra tábua moveu-se acima dele. Arsène espiou como deu. A jovem tinha aberto um buraco maior, logo a sua frente, e o esperava, munida de uma estaca enorme.

Por ali, não conseguiria chegar às escadas. Se chegasse mais perto, ela daria um jeito de derrubá-lo. Precisava contornar aquele ponto, mas, para isso, precisaria pular para a travessa ao lado. Ele titubeou um momento, e foi o bastante para que ela empurrasse a estaca, deixando de acertá-lo por muito pouco.

Com um movimento reflexo, Arsène pulou para a estrutura que fazia o limite externo daquela parte da torre. Calculou mal a distância. No limite do desequilíbrio, abriu os braços para se recuperar, oscilando como um louco, um instante antes de suas mãos encontrarem a trave sobre sua cabeça. Com um último esforço, conseguiu se estabilizar.

Sentindo o corpo coberto de suor frio e com o coração quase saindo pela boca, ele virou-se, trêmulo, e começou a caminhar devagar sobre a trave, as mãos tocando o ferro acima, os olhos fixos na escada mais além. Se olhasse para o lado, sabia que a vertigem poderia derrubá-lo.

Então, encontrou o derradeiro obstáculo.

Havia uma barra de ferro largada justo adiante, estirada ao longo da superfície por onde andava, o que fez com que ele não a visse. Um cabo estava preso a ela, pendurado em alguma coisa lá de cima. Sem perceber, o adolescente pisou na ponta da barra, que rodou e escorregou com um tinido gelado e passou-lhe uma rasteira. Ele gritou e caiu para a frente, fazendo a única coisa que podia: agarrou-se ao fio de aço com toda a força de suas mãos e pernas.

Sentiu que escorregava até bater o traseiro com força em algo. O tranco jogou-o no vazio *do lado de fora da torre,* sentado na barra perpendicular ao cabo no qual se agarrava.

Naquele momento louco, compreendeu que não estava mais caindo, mas oscilando em um balanço de gigantes sobre Paris. Seu coração quase parou, a boca secou de pavor. Houve uma centelha de horrível certeza quando achou que o movimento o jogaria contra um pilar próximo, de onde seria catapultado para o céu. Preparou-se com tudo para o impacto.

Mas o impacto não veio. A estrutura tinha sido feita para mover um peso muito maior do que o seu e o movimento do guindaste era leve e lento, lento demais. Arsène olhou para cima.

O braço do guindaste ao qual o cabo estava preso movia-se muito devagar. O garoto estava pendurado contra o fundo de ruas e praças que iam aos poucos acendendo as luzes públicas.

Quanto tempo a bela assassina demoraria para perceber onde ele estava?

Menos tempo do que ele esperava. De repente, Félis surgiu na beirada da plataforma. A jovem parou no limite do tablado, encarando-o como se não acreditasse no que via. A brisa do Sena movia o véu e seus cabelos e ela era linda e terrível contra a luz que se apagava. Ao lado dela, havia um cocho cheio de rebites do tamanho de um punho. Ela agarrou um deles e pesou-o, enquanto olhava para o alvo com frieza. As mãos de Lupin apertaram-se em torno do cabo de aço com uma força terrível.

Ela não erraria o arremesso.

Súbito, um grito do outro lado da plataforma:

— O que está acontecendo aqui?

Félis olhou sobre o ombro. Depois, olhou para Lupin de novo com uma careta de raiva, e, num último gesto, atirou o rebite. Arsène escondeu o rosto atrás dos punhos cerrados e sentiu o golpe raspar com força seu rosto do lado esquerdo. Ele oscilou na vertigem, lutando para não soltar o cabo, zonzo. Quando conseguiu olhar de novo, ela tinha desaparecido.

No momento seguinte, ele ouviu o motor do elevador e viu a plataforma descendo.

— Como é que você foi parar aí?

Ele voltou-se para o ponto de onde vinha a voz, num misto de alívio e pavor. Perto da beirada da plataforma estava o próprio Gustave Eiffel, com as mãos na cintura, encarando-o sem poder acreditar. O engenheiro estava passando a noite na obra.

— Só me tire daqui! — pediu Lupin com a voz estrangulada. O

homem desapareceu por alguns segundos e, pouco depois, Arsène sentiu o guindaste mover-se, descendo-o devagar até a segurança de uma plataforma de serviço, vinte metros abaixo de onde estava.

EPÍLOGO – FIM DE FÉRIAS

— Inacreditável! Ele se diverte mais ficando em Paris do que nós na Costa Azul!

O protesto viera de Claude. O amigo de Lupin bateu com força no tampo da mesa que ocupavam e ameaçou virar os copos de refresco.

— É realmente incrível — comentou Etiènne, que acompanhava Claude, cruzando os braços numa atitude de desprezo. Ele e Arsène ainda não se davam muito bem, mas o fato de Lupin tê-lo resgatado de um sequestro[3] os tinha aproximado e, pelo menos, agora não andavam mais aos sopapos, como antes. No momento, ele parecia duvidar de tudo o que o colega tinha contado.

— Todo esse tempo sozinho e quando voltamos você se envolveu em um assassinato, recuperou um reino e ganhou uma coroa de presente. Eu acho que você andou sonhando.

Lupin reclinou-se com uma gargalhada satisfeita e alongou os dedos. Ele ainda tinha câimbras nas mãos por causa da força que tinha feito para segurar-se no cabo de aço que salvara sua vida.

— Por Deus, acalmem-se. Desse jeito, vão nos pôr no olho da rua — sugeriu, fazendo um gesto para o garçom, que os vigiava de perto. Claude e Etiènne deram de ombros.

---

3 *O jovem Arsène Lupin e a Dança Macabra*. Porto Alegre: Avec, 2021.

Estavam em um café, sentindo-se muito adultos. A casa era bonita, com pequenas mesas na calçada, sempre cheias de gente, sobretudo nas tardes quentes do verão que se despedia. Para proteger os clientes, um toldo verde-escuro fora puxado, o que dava ao interior do estabelecimento uma sombra mais fresca. Espelhos ajudavam a espalhar a luz da rua nos recantos mais obscuros, e as paredes do interior eram pintadas de modo a imitar janelas que se abriam para paisagens rurais, cheias de árvores e lagos.

Em um dia lindo como aquele em que estavam, porém, ninguém queria sentar lá dentro, apesar da poeira, do calor, do cheiro das ruas e do ruído infernal do movimento constante: gritos, chamados, os vendedores de jornais e flores, o bufar dos cavalos, a passagem das pessoas.

Paris era um vai e vem infindável. Parecia uma festa.

Apesar do sentimento de que aquele lugar lhes pertencia, a verdade é que só eram tolerados porque o pai de Claude era conde e frequentava o local com sua nova esposa, a mãe de Etiènne. O casamento de ambos tinha movimentado a vida social da cidade no ano anterior, e quando as férias escolares vieram, a nova família viajou para a propriedade do conde, em Nice, na Costa Azul. Agora, estavam de volta para o início das aulas.

Já os outros dois participantes da mesa mantinham os garçons em alerta total. Thérèse Aube e Jean Nuit faziam parte da *Troupe* dos Filhos de Tália, um grupo de artistas cênicos, e estavam voltando da temporada em Marselha. A garota tinha o hábito de usar roupas muito coloridas, o que sempre chamava a atenção. Jean era dono de uma voz maravilhosa, que encantava plateias por onde passava. Não era todos os dias que o Café da Velha Paris recebia tais clientes, e os garçons vigiavam a mesa com atenção.

— E Antoine? Morreu mesmo? — indagou Thérèse. Estava sentada entre Claude e Jean, que bebia seu refresco com prazer: ele era filho brasileiros escravizados e estava desfrutando a alegria de ter alforriado sua família no ano anterior e tê-los trazido para morar com ele na capital francesa.

Arsène balançou a cabeça, soturno.

— Encontraram seu corpo perto da Bastilha — disse. — Foi reconhecido por uma irmã mais velha, que vive em um convento.

— Este é o destino de todas as monarquias, fictícias ou não: a lama do esgoto da História — filosofou a atriz com uma expressão séria.

— Agora nos diga: e a misteriosa Félis? Voltou a vê-la depois do seu encontro na Torre Eiffel? — provocou Jean, debruçando-se sobre a mesa.

Lupin suspirou, desta vez melancólico. Therèse fechou a linda carinha em uma máscara de desprezo.

— Misteriosa... sei. Vocês estão todos caídos por ela e nem a conhecem.

— Você está com ciúmes — acusou Etiènne com um sorriso.

— Tolice! — Claude defendeu-a, segurando a mão da garota e beijando seus dedos. — Todos somos seus fiéis enamorados, Therèse. Nenhuma garota, jamais, poderá tomar o seu lugar entre nós.

Eles brindaram, e ela abriu o leque diante dos lábios, rainha coquete de sua pequena corte. Lupin sorriu, satisfeito.

É claro que ele não tinha contado todos os detalhes da aventura aos amigos. Para os quatro, ele era apenas Raoul D'Andrèzy, um colega atrevido, com boas notas e excelente latim. Nunca declinava seu primeiro e último nome. Havia uma espécie de pudor que envolvia o sobrenome da mãe, e ele tentava mantê-lo longe de qualquer mancha que uma aventura como a que vivera poderia soprar sobre ele. Toda confusão que vivera tinha sido contada como se fosse uma sucessão de encontros aleatórios e bizarros. Apenas Jean o encarava com uma expressão que equivalia a um brasileiríssimo "tem gato ensacado nessa história". Mas ele não disse nada.

— Therèse tem razão quanto a uma coisa: de fato, não sei quem é

Félis — confessou o estudante. — É uma pessoa misteriosa, sem dúvida alguma. Duvido até que esse seja o seu nome verdadeiro.

Aquilo encerrou o assunto. A conversa derivou para outras coisas, porque, afinal, quando se passa as férias longe dos amigos, todo mundo sempre tem muito para contar.

Alguns minutos depois, um coche preto, todo fechado, com um brasão na porta, parou do outro lado da rua. De lá emergiu a mão delicada de uma moça, coberta por uma luva de crochê. Os dedos fizeram um sinal para um menino que desenhava um gato com um pedaço de carvão na parede muito branca de uma casa. Logo depois, o moleque atravessou a rua segurando uma moeda reluzente. Aproximou-se da mesa dos cinco amigos e tirou o boné.

— Com licença, quem é o conde Lesquin? — perguntou ele.

Claude o encarou.

— Conde ainda não. Mas Lesquin sou eu — apontou-se. O garoto virou para a carruagem do outro lado da rua.

— Tem uma pessoa lá que deseja lhe falar — disse ele, e saiu correndo de novo.

Claude olhou na direção apontada, reconheceu o brasão, e levantou-se.

— Amigos, por favor, com licença. Acho que preciso cumprimentar uma pessoa — comentou.

— Os relacionamentos sociais dos Lesquin são um labirinto — comentou Etiènne, enquanto o amigo atravessava a rua movimentada. — Duques, condessas, gente com nomes enormes e cheios de salamaleques. Eu não vou dizer que não gosto, mas não estava acostumado. Chamei uma condessa de "vossa majestade" e um padre de "sua santidade".

Eles riram, divertidos.

— Então houve muitas princesas falidas nas férias de vocês? — interessou-se Thérèse. O moreninho sorriu e comentou algo.

Lupin nada disse. De vez em quando, olhava para o coche, intrigado. Havia alguma coisa nele que o deixava ansioso, mas não sabia dizer o que era. A cortina de veludo negro, fechada, moveu-se um pouco, e aquilo era incomum em uma tarde tão quente. Devia estar um forno dentro da carruagem.

De lá, emergiu de novo a mão delicada em sua luva de crochê. Claude tomou-a entre seus dedos e saudou a pessoa oculta. Sorridente, trocou algumas palavras com a passageira e depois se despediu. Virou-se para voltar ao café.

Foi então: o cocheiro vibrou o chicote violência.

Os cavalos avançaram num salto poderoso, fazendo a carruagem avançar sem controle. Lupin gritou, certo de que a roda traseira, um aro tão grande quanto o próprio Claude, o atingiria em cheio. O garoto recuou para escapar, tropeçou, caiu e rolou pelo chão imundo, e foi parar na frente de um ônibus, que só não o esmigalhou entre as patas de seus cavalos porque o condutor vinha muito devagar e conseguiu segurar os animais a tempo. O tumulto instalou-se, com pessoas correndo para ver o que tinha acontecido, ciclistas tendo que desviar da confusão e mais carruagens parando, com o protesto de condutores e passageiros. O coche negro, que dera início a tudo, afastou-se como se não tivesse nada a ver com o assunto.

Os amigos de Claude correram para socorrer o loirinho, que levantava-se trêmulo, batendo a sujeira do casaco. Em bando, levaram-no de volta à mesa e pediram um copo de água fresca para o colega.

— Você está bem? — perguntava Therèse, aflita. Claude adorou a atenção dela.

— Acho que torci o pé — comentou com um sorriso, que aumentou ao ouvi-la dizer "pobrezinho" numa voz doce.

— Que estúpido esse cocheiro! — reclamou Etiènne. — Nem olhou para trás!

Nesse instante Lupin entendeu o que o tinha perturbado na carruagem: o cocheiro! O homem era ninguém mais, ninguém menos do que Leonard, o empregado de Félis!

— Mas, afinal — disse entredentes, sacudindo um pouco o casaco sujo do amigo — quem você foi cumprimentar?

— Ah, parem de se preocupar — pediu Claude, afastando-o com um ar aborrecido. — A pessoa que fui saudar é uma jovem conhecida da família. Está voltando para a escola de freiras onde estuda, depois de uma rápida saída. Estava com pressa.

Lupin sentiu os lábios secos. Olhou o movimento da rua com desconfiança.

— E como ela se chama? — insistiu num fio de voz.

— Josephine Bálsamo, como sua mãe, a Condessa de Cagliostro, neta da senhora Félis de Cambure. Minha mãe tinha relações com a condessa.

Josephine Bálsamo... o nome caiu como uma gota de veneno na tarde de verão e amargou o humor de Lupin para o resto da semana. Dali em diante, cada coche negro que via, cada cabriolé, parecia suspeito e fazia-o espiar sobre o ombro.

Não tinha a menor dúvida de que o episódio não fora um acidente. Sabia que era Félis dentro da carruagem, não importava qual fosse o seu nome, e sabia que ela o vira na mesa, com os amigos. E agora sabia que ela não o perdoara. Seus empregadores não deviam ter pago pelos perigos que enfrentara, e a perda do valor dos diamantes devia estar atravessada em sua garganta. Ela era uma linda inimiga. Uma inimiga e tanto. Implacável.

Arsène pensou que o melhor seria, mesmo, que seus caminhos não voltassem a se cruzar. Mas então lembrou-se da moça em seu uniforme, tão doce e bela, pouco antes de ela tentar matá-lo. Félis – Josephine – era linda como uma pintura sacra. Poderia resistir a ela, se algum dia voltasse a encontrá-la?

Para essa pergunta, seu coração só conseguia pulsar um doce e amargo "não".

SALUT, MES AMIS !

Meus caros, é um imenso prazer ver vocês. Se este é o nosso segundo encontro, saibam que estou mais do que feliz de estarmos aqui. Se for nossa primeira conversa, espero que você tenha curtido a aventura da *Coroa de Ferro* o suficiente para procurar o livro anterior, que dá origem à série: *"O jovem Arsène Lupin e a Dança Macabra"*.

A essa altura, você já deve ter uma ideia de quem é o personagem principal deste livro: Arsène Lupin, criado pelo escritor francês Murice Leblanc. Suas aventuras começaram a aparecer em 1905, na revista *Je sais tout,* na forma de contos, e depois cresceram, tornaram-se romances e peças de teatro, ganhando todas as mídias possíveis. Quando a obra caiu em domínio público, fãs e produtores de todo o mundo puderam debruçar-se sobre ele e hoje você encontra aventuras de Lupin em filmes, histórias em quadrinhos, mangás, animes e jogos. Cada um tem a sua versão do Ladrão de Casaca.

No nosso caso, ele é um adolescente charmoso, em processo de descoberta do mundo... e de si mesmo.

Em *"A Coroa de Ferro"*, a pedido do editor Artur Vecchi — que me ofereceu essa oportunidade deliciosa, já que sou fã do personagem há muito tempo —, eu trouxe a única mulher que já me fez sentir ciúmes de verdade, apesar de ser apenas uma invenção: a Condessa de Cagliostro, essa bandida!

A Condessa é, também, a única pessoa que tem capacidade para afrontar Lupin. É tão inteligente, articulada, cara de pau e sedutora quanto ele. Uma bela mulher misteriosa, de mil nomes (como ele) e mil disfarces (como ele). Com uma diferença: ela não tem escrúpulo algum. Se você gostou da nossa história, sugiro que leia o romance "*A Condessa de Cagliostro*". E depois me diga se não é para a gente morrer de raiva dela!

"Mas", você me dirá, "a condessa, nos romances originais, chama-se Josephine, e a sua personagem chama-se Félis!". Bem, o caso é que Félis é o apelido de Félis de Cambure, personagem que apareceu pela primeira vez na obra de Frédéric Soulié, autor francês que viveu entre 1800 e 1847 e escreveu peças de teatro e romances. Na cronologia fictícia das aventuras, ela seria a avó de nossa vilã. Acredito que Josephine usaria o nome dela com tranquilidade, caso não desejasse revelar a sua verdadeira identidade.

Já Antoine não tem saída, é Antoine mesmo. Mas a história do reino de Araucânia não é uma invenção. Foi baseada num episódio histórico da América do Sul.

O fato é que, ao buscar temas possíveis para a segunda aventura de *O jovem Arsène Lupin*, deparei-me com Araucânia, o território sul-americano que um francês ambicionou transformar em um reino independente. Com o apoio dos povos originários mapuches, Antoine de Tounens, advogado e aventureiro francês, tentou constituir um reino que atravessaria a Patagônia e os Andes, ligando o oceano Atlântico ao Pacífico, em 1860. O desejo mapuche de ter um país para chamar de seu continua vivo. A luta pela terra segue pulsante, a ponto de o Papa Francisco ter recebido representantes desse povo, em janeiro de 2018, e proferido um discurso pela paz.

Os mapuches são o único grupo de nativos da América que venceu os espanhóis, usando táticas de guerrilha ao longo de 300 anos. Foram subjugados em 1881, no Chile, mas até hoje lutam por sua terra e para manter viva a sua identidade.

A coroa de ferro que dá título à história existe de fato, já que a linhagem de candidatos franceses a rei do território continua até os dias de hoje. Contudo, a coroa atual, cuja foto pode ser encontrada na internet, é a segunda, forjada em 1986. A coroa original desapareceu durante a ocupação nazista da capital francesa, de 1940 a 1944.

Eu não sei você, mas eu achei isso irresistível.

Irresistível, como o sorriso de Lupin.

Simone Saueressig

www.avec.editora.com.br

Este livro foi composto em fontes Tribute OT e Boucherie Block ,
e impresso em papel pólen soft 80g/m².